本日も晴天なり

鉄砲同心つつじ暦

梶　よう子

集英社文庫

目次

本日も晴天なり　鉄砲同心つつじ暦

化けむじな

一

秋晴れの空に、とんびが羽を広げて、ゆうゆうと飛んでいる。鳥の眼から見えるここらの景色はどんなものだろうかと、礫丈一郎は埒もないことを考えながら、大ばさみを振るっていた。花もすっかり咲き終わり、枝の剪定の時季に入っていた。早めに剪定を行えば萠芽も早くなる。そして地植えのつつじをより美しく見せるために、こんもり丸くなるよう枝を刈っていく。

丈一郎は、はさみをぱちりぱちりと三味線を爪弾くように調子をとりながら、

「つつぅじは大ぉ久保、百人組のぉ」

と、小唄の『梅は北野』をもじって口ずさむ。今年は花付きも良く、多くの見物人が足を運んでくれた。鉢植えもよく売れ、ずいぶん家計の足しになったであろうと、ひとり微笑んでいた。

継だらけの小袖を尻端折りにして、股引を穿き、素足にわらじ履き。武家髷を結っているが、頬被りをしているので、見た目は百姓と変わらない。

「よう、丈一郎。精が出るな」

つつじの木の間からひょっこりと顔を出したのは隣家の増沢信介だ。やはり尻端折りにわらじ履き、手には大ばさみを持っている。

丈一郎と同じ三十二で、赤ん坊の頃からの遊び仲間だ。信介は幼い頃から考えなしの直情型で、一方の丈一郎は何事もまずじっくり吟味する慎重派だ。十代の終わり頃から、酒を呑み、悪所にも通った。その際、相方の妓を決めるのは丈一郎だった。さっぱりした性格の優しい女かを見抜くのだ。矢場などで喧嘩騒ぎになれば、飛び出すのが信介だった。信介はがっしりした体格をしていて、そこらの破落戸ならば一捻りだ。

相反する性質を補うように成長してきたが、じつは根っこの部分はふたりともに能天気で、あまり物事を深刻に捉えない。

まあ、深く考え込んだところで今いる場所も変わらぬし、皆が眼を瞠るほどの立身など望めるはずもない。それを諦観というのかはわからぬが、丈一郎も信介も、この暮らしにそこそこ満足している。ただひとつ立場が違っているのは、信介は家督相続を終えているが、丈一郎はまだということだった。父の徳右衛門は、五十六歳になる今もなお鉄砲百人組同心のお役目に就いている。

鉄砲百人組は単に百人組とも呼ばれ、甲賀組、伊賀組、根来組、二十五騎組の四組があり、それぞれ組頭一名、与力二十騎（二十五騎組のみ与力二十五騎）、同心百名で構成されていた。戦時における鉄砲隊である。

しかし、現在の職務は、大手三之門、外張枡形御門下などの警備で、将軍の増上寺や寛永寺などへの御成に随行し、寺の門前を守備した。

礫家と増沢家は伊賀組に属している。鉄砲百人組は、四谷の大木戸の北西側にあたる、大久保百人町に与力同心屋敷として十七万坪という広大な土地が与えられていた。それぞれの屋敷の間口は狭いが、奥に延びて、いわゆるうなぎの寝床のような短冊状で、それがほぼ規則正しく並んでいた。

この周辺は高台で、北側の高田馬場が眼下に広がって見える。この地に鉄砲隊の組屋敷を置いたのは、江戸城外郭の砦としての役割を果たすためといわれる。

「親父さまは相変わらずだな。先日、増上寺に上さまの御成があってな。警護していた山門前で、欠伸をしたら気を抜くなと怒鳴られた」

と、信介が口元を曲げた。

「そいつはすまんな。まあ、親父は常在戦場を心がけよという口だ」

「常在戦場かぁ。この泰平の世で、戦の気持ちを持てというほうが土台、無理な話よ。だいたい、上さまを誰が狙うというんだ。それに、ここはなんだ、おい。江戸じゃつつじの名所として見物客が来るんだぞ。呑気なものじゃないか」

近頃、おれは鉄砲同心なのか植木屋なのかわからなくなる、とぼやいた。

「まあ、そう腐るなよ、信介。鉄砲など撃たぬにこしたことはない。我らが暇に飽かして内職に励めるのが一番だ」

「達観するな。しかし、お前の親父さまに怒鳴られると、ガキの頃を思い出す。隠れ鬼をしてつつじの木を折ったこと覚えているか？」

「ああ、あれか。十くらいだったな」

丈一郎は手を休めずに応える。

信介と丈一郎、いつもの遊び仲間で集った。あたりは一面のつつじ畑だ。隣家との境などあってなきようなもの。隠れ鬼をやろうということになり、鬼役が眼を覆っているうちに、皆が蜘蛛の子を散らすように走り出した。そのとき、ひとりがまだ若いつつじの木を踏み折ってしまった。

すると、丈一郎の父、徳右衛門がまさに鬼の形相で走って来て、信介と丈一郎の首根っこをぐいと摑み、

「貴様ら、ここをなんと心得る！　この大久保百人組組屋敷は、畏れ多くも神君家康公から拝領した地。さらに、つつじは、台徳院さまが、薩州の霧島山から苗を取り寄せたもの。それを先人の鉄砲百人組同心が大事に大事に育て、交配し、挿し木をし、増や

してきたものぞ。十七万坪にも及ぶ百人組組屋敷に、つつじの名所ができたのも、主家あればこそ。そのつつじの枝を折るとは、お上(かみ)に弓を引くも同然。万死に値する所業」

二代将軍秀忠(ひでただ)の戒名までもち出し、唾を飛ばして怒鳴り散らした。徳右衛門の剣幕に恐れをなし、枝を折った者は無論、他家の子らも早々に逃げ出したのはいうまでもない。とんでもない鬼に捕まった、と信介がぼそりというや、徳右衛門の拳骨(げんこつ)が落ちてきた。

「ったく、あの拳骨でおれの頭のてっぺんは未(いま)だにへこんでいるような気がするよ」

そんな馬鹿なことがあるはずなかろう、と思いつつも、丈一郎はすまんと再び詫(わ)びた。

徳右衛門はほとんどつつじの栽培はせぬくせに、こういうときだけは張り切って出てくる。

「我ら鉄砲同心は三十俵二人扶持(ににんぶち)だ。とても食うてはいけぬ。つつじ栽培が生計(たつき)の支えになっていることは否めない。父の怒りも当然ではあったのだろう」

礫家は、丈一郎夫婦とその一子、市松(いちまつ)、丈一郎の父母、そして祖母の六人家族だ。信介の家は、夫婦と子が四人、それと父母の八人家族である。台所事情は礫家よりも厳しい。

「つつじでようやく飯が食えるというのも、なんとも情けない限りだ」

信介は深いため息を吐(つ)く。そのため息に呼応するように丈一郎が口を開いた。

「我らだけではない。根来組は提灯(ちょうちん)、青山(あおやま)百人町の甲賀組は傘張りだ。御徒(おかち)組も朝顔栽培で糊口をしのいでいる」

鉄砲隊は足軽の身分である。戦時であれば、武功を挙げ、立身することも夢ではなかった。しかし、平時の世では、将軍の警護が主な役目で、禄高が上がる見込みなどない。結句、つつじの栽培が内職となり、どこの屋敷でもつつじ栽培をしているところから、あたりは色とりどりのつつじの園となり、花の時季には大勢の見物人が訪れる。将軍の警護の折には、戦陣の形を取ってはいるが、勇猛果敢なかつての鉄砲隊は、敵を蹴散らすどころか、いまや美しい花で、人寄せをしている有様だ。

とはいえ徳川家が二百年に亘り築き上げた結果がいまの世だ。それならそれで致し方ない。

「お前は、つつじ栽培にかけてはこの百人組組屋敷の誰より詳しい。なんといっても、かの飯島武右衛門さまを師としていたからなぁ」

信介が羨むような口調でいった。

飯島武右衛門は、やはり鉄砲百人組の同心だったが、つつじ栽培にことさら長けており、居宅には大小のつつじ二、三十株を並べ、居宅の裏は東西八間（約十四・五メートル）、南北二町（約二百十八メートル）につつじが植えられていた。その花色も、花形も異なる多様な品種があった。花の時季には町人はもとより、乗物に乗った武家の奥方まで、毎日朝から絶えることなく人々が集まった。その圧倒的に美しい景観は、文化文政期に書かれた『遊歴雑記』にも記されたほどだった。すでに飯島は鬼籍の人となってしまったが、丈一郎は、まだ前髪を残していた頃に、教えを請うている。

「お前はどうしてつつじを学びたいのだ」と、飯島に問われた丈一郎は、しばし考えてから返答した。

「私の父は栽培が下手くそで、毎年イライラするのです。私が栽培を一手に引き受け、美しく花を咲かせてやりたいと思ったのです」

それを聞いた飯島はぽかんと口を開けた後で破顔した。

「お前はいずれ家督を継ぎ鉄砲同心になるのではないのか?」

「――はあ、多分」

多分とはご公儀も仰天するな、と飯島は声を上げて笑うと、「明日から来い」といった。

飯島は、植付けの仕方、肥料のやり方、水やりなどの基本から、挿し木の仕方などを丁寧に、美しいつつじ園の中で語った。次に咲く花の妨げにならぬように花がらはすぐに摘み取ること、交雑は開花中に、掛け合わせたい株から雄蕊を取り、膨らみかけた蕾の雌蕊の柱頭につけ、和紙をかぶせること、刈り込みの方法、などなどだ。

飯島の庭は壮観だった。燃えるような霧島つつじの真紅の花。清楚な白の山つつじ。誰もが感嘆の声を洩らす。

「花を愛(め)でるということは、それだけ人々の心に余裕があるからだ」

飯島は土に肥を混ぜながらよくそういった。

「花を見て、嫌な気分になる者はおらん。いつでも、我々を癒し、慰めてもくれる。なにより、手塩にかけて育てれば、その通りに応えてくれる」

黒光りする鉄砲を磨くより、私には肥を撒(ま)き、枝葉の刈り込みをするほうが合っていると飯島は笑った。

丈一郎がなにゆえつつじに惹(ひ)かれたのかはわからない。幼い頃から、あたり一面がつつじであったからかもしれないし、父の作るつつじが毎年、周囲に比べて貧相であるのが歯痒(はがゆ)かったからかもしれない。飯島からつつじ栽培を学んでいるうち、いつしか、丈一郎も人を傷つける鉄砲を手にするより、大ばさみを振るい、訪れる者たちを喜ばせたいと思うようになっていた。

「なにゆえ、私につつじ栽培を教えてくれたのですか？」と、ある時、丈一郎は飯島に訊(たず)ねたことがある。

飯島は萎(しお)れた花を手際よく摘み取る手を止め、丈一郎に顔を向けた。

「咲かせたいではなく、咲かせてやりたいといったからだ。それは、つつじの気持ちになって考えた上での言葉だ」

そういうつもりはさらさらなかった。確かに、花は美しい、さらに、鉢植えを売れば銭になる。妻帯し、子が出来てからはますますそちらの熱が高まった。どうせ立身など望めぬ。鉢植えを売れば、膳の上のお菜がひとつ増えるのだ。食うためのつつじ栽培と思えば、これも同心としての立派な仕事だと丈一郎はどこかで思っている。

「生まれた家を間違えたか？　いや百人組だったからこそつつじに会えたともいえる。出逢いは人同士だけではないのだな。花と人との出逢いもあるのだ」

そういった飯島はつつじ栽培で結構な財をなし、同心株を売って隠遁したらしい。

それをどこかで耳にした父の徳右衛門は、

「つつじの株でなく、同心株を売ったとな。鉄砲同心の風上にも置けんわ」

と、怒り心頭だった。

うまいことをいったつもりであろうが、つつじは株分けで増やすのではない。

飯島は鉄砲を捨て、武士も捨てた。それも潔い選択だったのかもしれない。

つつじの流行は元禄時代に始まる。江戸一番であった染井村の植木屋、三代目伊藤伊兵衛によって、広められた。薩州の霧島つつじを始め、様々な品種を取り寄せた。つつじは、挿し木でもつきやすく、少し枝を切ってしまっても再生しやすい。さらに樹木であることから長年楽しめ、生育も早い。こうした特徴が栽培を容易くさせ、町人の間でもつつじ栽培が行われるようになった。

三代目の伊兵衛は、つつじの名そのままの霧島屋と名乗り、二、三百種もあるつつじの花譜をまとめた。有徳院（八代徳川吉宗）は、直々に伊兵衛の店を訪れたともいわれている。

「おい、丈一郎。どうしたんだよ」

「ん？　ああ、何かいったか？」

信介が舌打ちした。

「お前このままでいいのか？　と訊いているんだよ。たまに聞く話だが、親父さんがいつまでも家督を譲らず、息子が先に逝ってしまうという悲劇もある。おれは、そうはなってほしくないぞ」

まさか、と丈一郎は笑った。

「うちなど、四十九で隠居したが、親父さまはなにゆえ、お前に家督を譲らぬのだ。もういいお歳だろう？」

「五十六だ。まだご奉公が足りぬといっておるからな。鉄砲が撃てなくなったら隠居するといっている」

ああ、そうかと呟いて、信介が空を仰いだ。

「この間の調練のときも、親父さまは見事に的を射抜いておられた。その上、若い者が的を外すと、罵詈雑言を浴びせていた。当分は無理そうだな」

「だろうな」と、丈一郎も息を吐く。

髪もまだ黒々として、顔つやよく、身の丈五尺六寸（約百七十センチ）、目方は十六貫（約六十キロ）、肉も程よく締まり、壮健という言葉がぴたりと当てはまる。祖母の登代乃など「一度くらい患って寝込めばいいのに」と、我が息子に対し、物騒なことをいっている。

「だが、そうした腕もどこで使うか、おれは疑問しか抱かないがな」

信介は皮肉っぽくいった。

ともあれ、父親が元気でお役目に励めるというのは悪いことではない。もちろん、丈一郎とて、つつじ栽培で生涯を終えるのはどうかと思うが、この時世、銃を取ったところで、何ができるというのだろう。

信介は、「泰平の世」といったが、実はそうではない。このところ頻繁に、異国船が現れているのだ。幕府は、沿岸警備を強化するため、幕吏を江戸近郊に派遣していると聞く。

大筒を積んだ異国船が海上から攻撃をしてきたら、刀や槍はむろんのこと、銃とても歯が立たないだろう。しかし、戦などということを丈一郎は考えたくはなかった。

ならば、来年のつつじのことを考えているほうが余程いい。

物騒なことで肝を冷やし、暗い先を見ていても埒が明かない。それより、いまやらねばならぬこと、いますべきことをやればいい。丈一郎がいま早急にすべきことは、枝の剪定なのだ。美しくつつじを咲かせれば、生計を維持することだってできる。それが己の守るべきものだからだ。

「さて、おれもつつじの相手をしてやるか」

信介が歩き出しながら、思い出したようにいった。

「そうだ。先生が寂しがっていたぞ」

先生とは、丈一郎と信介が八つの頃から通っている関口流柔術、『志武館』の道場主だ。そういえば、つつじの世話で忙しく半年ほど顔を出していない。

「信介は顔を出しているのか？」

「月に二度ほどは今も行っているぞ。まあ、身体がなまらない程度にな」

そうか、と丈一郎は呟いた。

「今度、行くときはおれも誘ってくれ」

「わかった。そのときはついでに酒でもどうだ？」

「いいな」

丈一郎が応じると、振り向きざま、

「たまには白粉の匂いも嗅ぎたいしな」

と、信介がにやけ顔をした。

そうだな、と丈一郎は曖昧な返事をした。丈一郎の脳裏に眦（まなじり）を吊（つ）り上げた妻みどりの顔が浮かんだ。

二

信介の背を見送ると、丈一郎は、腰から手拭いを引き抜いて、首元の汗を拭った。秋も深くなったが、それでもつつじの剪定をひとりでやるのは難儀な作業だ。

家督か、と丈一郎は考えた。鉄砲同心としての調練は受けている。警護に出るくらいどうということはないが、つつじの世話もこなすのは大変だ。

ふと、丈一郎は、二、三日前、徳右衛門が濡れ縁（ぬれえん）に座り、ぼんやりしていたことを思い出した。銃の手入れをしていたが、時折、手を止め、じっと考え込んでいたのだ。そろそろ自らの進退を考え出したのだろうか。

いやいや、と丈一郎は首を横に振った。見事に的を射抜き、若者には罵詈雑言を浴びせたという信介の話からは、隠居など微塵（みじん）も考えていないだろうと思い直した。と、

「お前さま、丈一郎さま」

妻のみどりが裾を乱して、走ってくる。

「どうした」

「義父上が。市松に」

「市松に何をしたのだ」

「鉄砲の調練だといって」

おいおい、市松はまだ八つだぞ。いくら鉄砲同心の家でも、そのような幼い子に銃を持たせるなど、言語道断。与力に知れたら、大変だ。

丈一郎は身を翻して、屋敷に向かった。

「わはは。良いぞ良いぞ。市松はなかなか筋がよろしい。そうだ、こうして構えてな、うむうむ、うまいぞ。お前の父より覚えが早い」

表の庭から、機嫌の良い父の声が聞こえる。

丈一郎は走りながら叫んだ。

「父上、何をなさっておいでです」

市松が「父上！」と嬉しそうな声を上げた。

「お祖父さまが、わたしに鉄砲の持ち方を教えてくださったのです」

「父上、市松は八つですぞ。鉄砲はまだ」

と、丈一郎は市松の手を見て、眼を瞠った。

「何を慌てておる。この粗忽者めが。わしが手ずから削ったものだ」

落ち着いて見ると形も大きさもほぼ銃であったが、木で出来ていた。

「いまから、慣れておくのもよかろうと思ってな。お前は、鉄砲同心の家に生まれたくせに、柔術ばかりで鉄砲には興味を示さなかった。その上、いまではつつじ栽培に夢中だ。だから、市松にはきっちり仕込んでやろうと思ってな」

わははは、と徳右衛門は高らかに笑った。

「おやめください、義父上。これからの世は、刀でも銃でもございません。学問が物をいうのです」

戻ってきたみどりが、息も絶え絶えにいう。

「なんだと、嫁の分際で。学問が物をいうだと？　この礫家はな、伊賀者の末裔ぞ。神君家康公をお助けし、召し抱えられたのだ」

「はいはい、存じております」

みどりが幾万回も聞かされたというような顔をした。

「なんじゃその顔は。はい、は一度でよい」

徳右衛門が色をなす。

「はい、承知いたしました」

みどりが言葉とは裏腹にぷいと横を向く。

勝気な妻と頑固な父が衝突するのはいつものことではあるものの、丈一郎は、仕方なくみどりの態度をたしなめるように声を張った。

「みどり！　素直に父上のいうことを聞け」

「聞いているではございませぬか。はいは一度にしましたゆえ。だいたい、鉄砲同心など、なにも得るものがございません。暮らしがどれほどのものか知っておられますか」

「知らん。そうしたことは女子どもの役目であろうが。男は外で働き禄を得る。それを上手く使うのが女子の務めだ」

「その禄が少なければ、どうにもならないのです。どれだけ義母上とわたくしがやり繰りしているか。三十俵二人扶持では、味噌醤油だけでも大出費。丈一郎さまがつつじの鉢植えを売って足しにしているのです。なのに市松を鉄砲同心にするなんて。市松には別の道を行かせます」

　徳右衛門が顎を引き、丈一郎へじろりと大きな眼を向けた。

　ああ、と丈一郎は頭を抱えた。

　みどりは町医者の娘で、通っていた柔術の道場で知り合った。汗臭い男どもの打撲やら骨折やらの手当てをしていたせいか、ちょっとやそっとじゃあまり動じない。ほねつぎで男が悲鳴を上げても、きっと眼を吊り上げ「大の男がみっともない」とぴしっといい放つ女子だった。丈一郎が惚れたのはそこではなく、ふたりでたまたま歩いていたとき、草むらから蝦蟇が飛び出てきて、童のように泣きじゃくったことだ。大丈夫かと声を掛けると、「平気です」といいながらも身体を震わせた。

丈一郎は、うっかりそれを可愛いと思ってしまったのだ。

「丈一郎！　お前が肥だ、干鰯だとつつじに銭を費やしているせいではないのか」

みどりに勝てそうにないとなると、こちらに飛び火する。それもいつものことだ。

「冗談ではありません。良いつつじを咲かせるためには、必要な物ばかりです」

「やはりお前が余計なことに使っているのではないか」

「余計とはなんです、余計とは」

わっといきなり市松が泣き出した。みどりが駆け寄り、市松を抱き寄せる。

「あらまあ、お祖父さまも父上も口喧嘩などして、みっともないですね。市松はちっとも悪くありませんよ」

「お前が始めたのだろう！」

徳右衛門と丈一郎は同時に叫んだ。

「あのう。お取り込み中、失礼致すが」

のそのそと門を潜って入ってきた者があった。丸々と太り、少々自堕落な印象があった。右脚が不自由なのか杖をついている。空いたもう片方の手には酒徳利を提げていた。

徳右衛門はその者を見て眼をしばたたいた。

「お主、貫田か？　貫田善七か？」

「無沙汰をしたな」

貫田が照れたようにいう。

「そ、そうだな。十年ぶりか」

徳右衛門はまだ信じられないという顔をしていた。丈一郎も同様だ。貫田は父と同じ鉄砲同心で、かつては互いの家を往（ゆ）き交う仲だった。その頃の姿とはまったく違う。こんな男ではなかった。引き締まった身体に、精悍（せいかん）な浅黒い顔をしていた。だが、いまは見る影もない。

身につけている物も、どこかよれよれしている。

そういえば、患って隠居をしたと聞いていた。杖もその病のせいだろうか。

「お主は変わらぬなぁ、徳右衛門」

「歳は取った。お主と変わらぬ」

貫田が徳右衛門の言葉に、首を横に振り、笑みを浮かべた。卑屈な感じがした。

「頼みがあって来た。お主しか頼る者がおらんのでな」

「頼み、だと？」

徳右衛門が眼を細めた。

三

貫田は右脚の膝が曲がらぬようで、上がり框に足を載せるのにも、難儀そうに顔を歪めた。丈一郎が、貫田の腕を取る。

「かたじけない、丈一郎どの」

いいえ、と応え、貫田を座敷まで連れて行く。

「すまぬな。無作法だが脚を投げ出したままでよいかな」

すでに座敷にいた父の徳右衛門を窺うように貫田がいった。

「構わぬ、そんな遠慮はするな」

「貫田さま、脇息など、なにか入り用ではございませぬか」

丈一郎がその身を支えながら訊ねると、貫田は首を横に振った。

「造作をおかけした。いやはや、ご立派になられたな、丈一郎どの」

貫田が眩しそうに丈一郎を仰いだ。

「とんでもないことでございます。私はまだ部屋住みの身。父からすれば、未だ不甲斐ない者に見えるのでしょう」

いやいや、と貫田が苦笑した。

「それは徳右衛門が悪い。いつまでもお役にしがみついていては、次代の者が育たぬ」

徳右衛門がそれを聞き、こめかみをぴきっと震わせる。

「聞き捨てならぬな。わしを年寄り扱いしおって。わしはまだまだ壮健だ」

と、声を張り上げてからしまったと、顔をしかめた。

「徳右衛門、気にするな。ただ、病はいつ忍び寄ってくるかわからぬ。お主も気をつけろよ」

すると貫田が突然憎々しげに右脚の膝を平手で幾度も叩き出した。

「こいつがな、いうことを聞けば。わしもまだまだお主のようにご奉公ができたやもしれん」

「よせよせ。だが、さすがは善七だ。一時は口もきけず、寝たきりになるやもしれぬと、ご妻女から伺ったが、ここまで回復したではないか」

徳右衛門がそういってなだめると、貫田は自ら落ち着こうとするように、大きく息を吐いた。

「お主が見舞いに来てくれていたことは知っておる。だが、わしも倒れてすぐは意地を張っていた。情けない姿を見せとうはなかった」

卒中で倒れ、目が覚めたのは二日後だった。妻、娘、息子たちのほっとした顔を見たときは、図らずも涙が滲んだと語った。

しかし、話そうとすると言葉にならない。言葉そのものを忘れてしまったようだった。その上、身体を動かそうにも力が入らない。もうこのままか、と貫田は絶望したという。

「それもな、まことにそのとき考えられたかどうかも覚えておらぬのだ」

妻や息子に手を借りなければ、身を起こし、飯を自ら食べることすらもできなかった。

「それからは懸命だった。家の者の手助けがなければ、ここまで動けるようにはならなかっただろう。皆に感謝しておる」

「良いご家族を持ったな」

徳右衛門は深く頷(うなず)き、ちらと丈一郎を見た。皮肉っぽいその視線に思わず丈一郎は唇を曲げた。

けどなぁ、と貫田は突き出た腹をさすり、

「杖をつけばなんとか歩けるまでにはなったものの、思ったようには動けぬ。それでも腹は減るのでどんどん肥えてしまい、この有様だ。まるでむじな（たぬき）だな」

と、自嘲気味に笑った。

「飯が食えるのはよいことだ。なんにせよ、訪ねて来てくれて嬉しいぞ」

徳右衛門は膝で進み、両手で包み込むように、貫田の手を握った。

「かたじけない」

ふたりは固く手を握り締め、

「善七」

「徳右衛門」

互いに名を呼び、見つめ合うふたりの瞳が次第に潤んでくる。

ううむ、と丈一郎は心の内で唸った。

ふたりの姿にいたたまれなくなった。年老いたとまではいかずとも、確実に貫田の頭は白くなり、皺も深くなっている。涙もろくなるのもそのせいか。旧交を温めるというのは、若き日の面影を互いに追うことなのかもしれない。

それにしても、長い療養もあるのだろうが、貫田は人相が変わるほど肥えてしまった。膝が利かぬというのも、その増えすぎた目方のせいではなかろうか。

「あの、貫田さま、勘太郎どのは家督を継がれましたが、慎吾どのはお元気ですか」

貫田が、ああと応え、一瞬眼を伏せた。

徳右衛門が丈一郎を見やった。

「勘太郎どのは組頭が違うから出仕の日も異なるゆえ、わしも会うことは滅多にないが、懸命にお役に励んでおられるぞ」

「お主にそういってもらえるのはありがたい」

しかし、慎吾のほうは、と貫田が口元を曲げる。

「奴にはとんと会うておらなんだ。娘なら里帰りもするだろうが、婿養子だと、色々あるのであろうよ。なかなか実家には足を運びづらいのやもしれん」

　と、軽口を叩きつつも、表情が曇る。

「慎吾どのはたしか算勘（さんかん）を買われて、勘定役の家に入ったのだったな」

「そうそう慎吾どのは算盤（そろばん）が得意だった。思い出しましたよ。そうか婿養子でしたか」

　慎吾は丈一郎のひとつ下だ。同じ柔術道場に通っていたが、そちらではまったく芽が出ず、代わりに学問に優れ、中でも算勘に長（た）けていた。

　徳右衛門がふうと息を吐く。

「わしこそ長く無沙汰をしてすまなんだな。隠居をしたと聞いてから、訪ねることもなく」

　丈一郎は父の背後に控えながら、思わず眼を見開いた。徳右衛門は幾度も貫田の屋敷へ行くべきか悩んでいた。土産物まで用意しながら結局は会いには行かなかった。

　貫田はたるんだ頬を揺らしながら、首を横に振った。

「お主のことだ。わしが不甲斐ない姿を見られるのが気に染まぬと慮（おもんぱか）ってくれたのだろう」

「じつは、そうではない。その逆だ」

　徳右衛門が俯（うつむ）いた。

「お前が寝たきりでいるのを見るのが、わしは怖かったのだ。明日は我が身と、自分の姿に重ねてしまうのがな」

すまん、貫田、と徳右衛門が苦しげな声を出して頭を下げた。

そうか、と貫田は幾度も首を縦に振った。

歳を取れば、誰もが病を恐れる。徳右衛門と貫田は的撃ちを競い、互いに相手を認めていた好敵手。なればこそ、その片割れが、寝たきりになるかもと聞かされれば、臆するのも仕方がないのだろう、と丈一郎は思った。もしも信介が倒れたら——やはり会うのは怖い。男とはなんと気弱な生き物か。

「なるほど。立場が違えば、わしもそう思ったに違いない」

それにつけても、徳右衛門が変わらぬのはやはり羨ましい、と貫田はいった。

そこへみどりと母の広江が酒肴を調えてきた。

「遅くなりまして、失礼いたしました」

広江が貫田の前に膳を置いた。

「このような物でお恥ずかしいのですが」

膳の上には蒟蒻の煮物、田楽、漬物に煮豆など、つましい肴が並ぶ。それでも貫田は、顔をほころばせた。

「広江どの。急に押しかけて来て、このような歓待は無用にござる。まして、わしは客ではございませせぬ。徳右衛門どのにたってての頼みがあって参ったのでな」

「いえいえ、頂戴したお酒で恐縮でございますが。嫁のみどりはご存じありませんよね」

貫田が、おお、とみどりを見た。

「丈一郎どのの嫁御か。これはお美しい。心根も優しそうだ。丈一郎どのは果報者よ。徳右衛門もな」

徳右衛門は、片眉を上げ、口の端をむずむずさせていた。

みどりの気の強さを知らないから、そんなことがいえるのだと、喉から出かかっているのを堪(こら)えているようだ。

「お初にお目にかかります。貫田さま」

みどりはこれまで耳にしたことのないようなしおらしい声で挨拶をすると、銚子(ちょうし)を向けた。

「や、これはかたじけない」

盃(さかずき)の酒に鼻を近づけ、ひくひくさせた。貫田は口から迎えにいくと、はっとして盃を置いた。

「どうした貫田」

「卒中で倒れたのは酒の呑み過ぎだと医者にいわれてな。以来、たまの寝酒のみで普段は控えておるのだ」

徳右衛門は、盃を手に笑った。

「まあ、今日くらいはよかろう」

「しかしな」と貫田が渋い顔をした。

「お前さま、無理強いはなりませぬよ。貫田さま、お茶をお持ちいたしましょう」

「よろしくお願い申す」

広江とみどりが座敷を出ると、

「じつはな、徳右衛門」

と、貫田が膝をさすりながら、丈一郎をちらりと見た。

徳右衛門は丈一郎に向けて目配せした。出ろ、ということだ。

「貫田さま、私はつつじの手入れがございますので、これで失礼いたします。本日はお会いできて嬉しゅうございました。では父上」

徳右衛門は、うむ、と大きく頷いた。

四

半刻（約一時間）ほどで貫田は辞した。

丈一郎とみどり、広江、祖母の登代乃と揃っている居間に、貫田を門外まで送った徳右衛門が入って来た。

「なんだ、お主ら、雁首揃えて」

「いえね、お前になんの頼み事かと思ってね」

登代乃が針仕事の手を止め、徳右衛門を見上げた。

喜寿の登代乃は凛とした性格だったが、ここ数年物忘れが多くなってきた。それでも時々鋭い言葉をさらりといってのける。

ははは、と徳右衛門は大きく破顔し、

「まったく、大袈裟な奴でなぁ。広江、まずは茶をくれ」

はいはい、と長火鉢に載せた鉄瓶を手にした広江を見ながら、口を開いた。

皆が、徳右衛門を注視する。その視線を気持ち良さげに受け止めながら、茶を啜る。

「もったいぶらないで、早くおいいよ」

登代乃がせっつくと、徳右衛門は唇を曲げたが、そこに不機嫌さはなかった。

「貫田はやはりわしが見込んだ男であった。会わなかったこの幾星霜がひと息に縮まったぞ。やはり的撃ちを競った仲間は、相手を苦々しく思うこともあるが、互いに敬う心は持っている。胸の奥底で深く繋がっておるのだな。丈一郎、お前も隣家の増沢信介のような悪所好きでいい加減な者と交わらず、真の友を探せ」

信介は父のいう通り悪所好きで女好きでいい加減だが、家督を継いでからはお役目に励み、つつじの栽培も懸命にしている。

「いま信介はかかわりございませんでしょう」

丈一郎が返すと、徳右衛門は、ふんと顎をしゃくった。

「だから、早う、頼み事とやらをおっしゃい」

登代乃に急かされ、徳右衛門は湯飲み茶碗を置いた。

「善七はな——」

屋敷に籠もったままではよくない。以前のように身体は動かぬまでも、これまでの暮らしを見直し、もっと人と交わるべきであろうと考えた。そこで、俳諧の会に入りたいといったのだという。それで、わしを頼って来たのだ、と徳右衛門は鼻を蠢かせた。

「歩行が困難ゆえ、自ら表に出ることをためらっていたようだ。それではいかんといってやった。確かに脚が思うようにならぬのは辛いだろうが、お前がこれからを考え始めたのなら、力になろう、手助けもしようとな」

登代乃は、軽く息を吐き、「また調子に乗って」と、ぼそりといった。丈一郎は登代乃の呟きを聞き流して、身を乗り出した。

「では、父上がおられる『薫風会』に？」

「おお、そうよ。わしが仲介してやると約定を交わした。三日後、会があるのでな、一色さまのお屋敷に連れて行こうと思っている。善七も驚いていてな。あの一色さまの薫風会にいるのか、たいしたものだと。奴も薫風会ならば自慢が出来ると張り切っていた」

　一色丹後守直安（たんごのかみなおやす）は、つつじ好きで自邸にも植えている。花の時季になると、ここ大久保百人町に見物に訪れる。実は、一色と初めに口を利いたのは、丈一郎だった。

　丸く刈り込んだ八重咲きの霧島に眼を留めた一色が、花がらを摘んでいた丈一郎に話しかけて来たのは数年前のことだった。

　家士（かし）を幾人も引き連れ、見るからに大身（たいしん）の旗本と思（おぼ）しき武家だった。

「なぜ葦簀（よしず）を回しているのだ？」

　陽射（ひざ）しの強い時刻にはつつじに葦簀を回し、日陰を作る。

「はあ、いけませぬか？」

　丈一郎は一瞬顔を向けたが、すぐに手元に眼を移し、花がらを摘み取り続けた。

「お主、何をとぼけておる。わしはつつじを見物に来たのだぞ。このように葦簀で隠していては花がよく見えぬ」

　丈一郎は、花がら摘みをやめ、葦簀から出て、一色の前に膝をついた。他の見物客がその様子を遠巻きに眺めている。

「お主、姓名を名乗れ」

居丈高な物言いに丈一郎は頰被りも取らず、

「鉄砲百人組同心、伊賀組の礫徳右衛門の息、丈一郎でございます」

と、応えた。すると家士のひとりが進み出て来た。

「無礼者。勘定奉行、一色丹後守さまの御前であるぞ、その汚れた頰被りを取らぬか」

「これは失礼いたしました。勘定奉行さまでございましたか」

丈一郎が頰被りを取り、一色を見上げる。

「葦簀を外せ」

「それは出来ませぬ。今は陽射しが強うございますゆえ」

「なんだと？」

一色は呆気にとられた顔をした。

「この霧島つつじの紅色は、陽に弱いのでございますよ。長く陽に当たると、茶に変色し、特有の鮮やかで深い紅色が損なわれますゆえ」

私のつつじが見たいとおっしゃるならば、陽が少し柔らかくなってからおいでいただくか、「お奉行さま、葦簀の内側にお入りくださいと一色を見据えた。

お奉行さまも笠をつけていらっしゃるということは、陽を避けておられるのでしょう。

私のつつじもそれと同じです」

「な、生意気な。たかだか鉄砲組の分際で」

家士が頭に血を上らせ、柄に指をかけた。

周囲の客たちが騒ぎ出す。

「馬鹿者！」

一色が家士を制した。霧島は陽に弱いのか。家士が慌てて、身を引く。

「そうか。霧島は陽に弱いのか。それを知らなんだわしがつつじ好きを公言するのは気恥ずかしく思うた。いや、よく教えてくれた。礼をいう」

いいえ、と丈一郎は素っ気なく応える。

「なかなか面白い奴だな。機会があらば屋敷を訪ねて来てくれ。わしのつつじを見てはくれぬか」

「いまは花の時季。水やり、交雑と忙しゅうございますのでいずれ」

丈一郎は再び頬被りすると、背を向けた。

その夜、夕餉をとりながら丈一郎の話を聞き、慌てふためいたのは徳右衛門だ。

「お前ほどの痴れ者は猿若町の芝居小屋でも見られぬわ。お偉い方になんという口の利きようか。信じられぬ」

と、青い顔をして一色の屋敷に飛んで行った。しかし、一刻（約二時間）ほどして青から赤く顔色を変え、手土産まで抱え、上機嫌で戻って来た。

一色は、丈一郎が気に入った。さすがは鉄砲組、気骨のある息子だ、と持ち上げられ、さらに、一色が主幹となっている薫風会という俳諧の会に誘われたと、徳右衛門はまるで己の手柄のように自慢げに語った。

つつじの品種に薫風というものがある。五弁花で、白に薄桃色の花弁が美しい。会の名はそれを取ったと思われる。確かに一色はつつじが好きなのだろう。

以降、一色との交流が始まったのだが、丈一郎は俳諧に興味はない。たとえ招かれても、断りを入れている。その都度、徳右衛門は、句のひとつも詠めず恥ずかしい奴だ、情けない奴だと詰ってくる。

「父上とて、先日、つつじに肥をくれましたな。花の時季に肥は無用だということも知らず、余計なことをなさるな！」

「余計なことだと。花がしぼんでおるから、くれてやったまでだ」

「逆に花が傷む要因になるのです」

「父に逆らうか」

と、口論から取っ組み合いが始まる。礫家では日常茶飯事だ。そらきたとばかりに、広江もみどりも冷静に朝餉や夕餉の膳をさっと座敷の隅に寄せる。不安げな市松を登代乃が抱きながら、

「お前の父とじじさまは相撲が好きでねぇ」

そう語りかけ、ほほほと笑っている。

無論、柔術を修めている丈一郎は、父を投げ飛ばすことなど造作もない。そこは息子として手加減しているが、時折、「お前の柔術も大したことはないの」とずけずけいう。そうしたときは、うっかり畳に叩きつけてしまうこともある。

徳右衛門は腰をさすりながら「なんのこれしき」と負け惜しみをいう。

一色は勘定奉行を退いた後、田安(たやす)徳川家の家老を務めていた。薫風会は月に一度、代々木(よよぎ)村にある一色の抱え屋敷で開かれる。

されど、と広江が不安な表情をした。

「貫田さまは句をお詠みになるのでしょうか?」

「まあ、鉄砲だけが生きがいであった以前の善七であれば怪しいものだが、療養している間に、俳諧を学んだらしい」

「おやまあ」

登代乃が声を上げる。

「けどねぇ、これまで一度も訪ねてこなかった貫田どのが急に現れるのも、なんだか妙だねぇ」

徳右衛門が登代乃を訝(いぶか)しげに見る。

「俳諧の会に入りたいというのも随分と出来過ぎではないの。まるで、お前が薫風会にいることを知っていたようですよ」

「ですよねぇ、お祖母さま。先ほど、貫田さまの膳を片付けるときに思ったのですが、銚子にはお酒が一滴も残っておりませんでした」

みどりが、登代乃の後を継ぐように話した。

「卒中でお倒れになってから、酒はあまりやらぬとおっしゃっておりましたのに」

ええい、うるさい、と徳右衛門が一喝した。

「ぴーちくぱーちく騒ぐでない。母上、わしを頼みと訪ねて来た善七でござるぞ。なにが気に染まぬのかさっぱりわからん。嫁御も嫁御だ。酒が残っていなかっただと？　久しぶりにわしと盃を交わし嬉しかったのだろう。酒がすすむのは当たり前だ」

徳右衛門は、眉間に皺を寄せ、弾けたように立ち上がると、足を踏み鳴らしながら居間を出て行った。

「まったく徳右衛門は短気で困るねぇ。広江さんはよくもまあ、あの子に三十年以上も連れ添って。偉いわぁ」

嫌ですよ、お義母さま、と広江が顔のあたりで手を振った。

五十半ばを過ぎても、祖母の登代乃からみれば、未だに「あの子」なのだ。丈一郎は苦笑する。

「きっと久しぶりに頼られたのが嬉しかったのでしょう。もうとうに隠居の歳だというのに、いつまでもお役お役と」

登代乃がため息を吐く。

「ねえ、丈一郎、信介どのから、なにか聞いてはおりませんか？」

「はあ、先日、警護で欠伸をしたら怒鳴られたとこぼしておりました」

「やはりね。そのうち、若い同心から疎(うと)まれるやもしれません」

それもよいでしょう、本人も気づくでしょうから、と登代乃は、眼を細めて笑った。

我が息子を案じているのかいないのか、祖母の胸の内は知れないが、そうならないうちに隠居を考えてくれればと丈一郎も思っていた。

五

丈一郎は角場(かくば)に向かった。射撃の修練だ。二十名ほどがいた。顔見知りの者らに挨拶をすると、「そろそろ家督を継ぐのか」「親父さまに射撃で勝てねばな」と、幾人にもからかわれ、閉口した。徳右衛門の射撃の腕前はやはり皆が認めるところなのだ。

台尻を地に付け、筒先から火薬と弾丸を入れ、槊杖(さくじょう)で押し込む。その後、筒を抱えて、火皿に着火のための火薬を入れ、火縄を火ばさみに挟んで、構える。火縄には硝石が含まれており、一旦、火を点(つ)けるとなかなか消えないように作られている。火縄は四尺（約百二十センチ）ほどの長さを丸めて使う。的を射抜くことも重要だが、射撃までの動作をいかに手早く、正確にするかも大事だ。

丈一郎は筒を握り、的を見据える。的までおよそ三十間（約五十四メートル）。引き金を引いた。

ダーン！

轟音が響いて、的の角が弾け飛んだ。筒先から煙が上がる。弾丸を撃ち出す衝撃が丈一郎に伝わってくる。外したか。

次々と他の者の銃声が上がり、あたりに煙が立ち込める。丈一郎が次の弾丸を込めようと、銃を立てたとき、

「ふうん、当たっただけましか」

背後から徳右衛門の声がした。

「貫田はわしと的撃ちを競った。あいつは、火種点けも装弾も早くてなぁ。わしは一歩後れをとっていたのが悔しくてならなかった。しかし病というのはまったく残酷なものよ。その者が長い年月を経て、身につけたすべてを奪う。それは歳を取るということも同じかもしれんが」

徳右衛門は自らの銃を手にして、しみじみいった。

貫田の姿を見て、思うところがあったのか、珍しく気弱な物言いをした。

「父上、私にご教示を」

丈一郎が頭を下げると、うむと頷き、徳右衛門は一歩前に出た。

徳右衛門の一連の動作はまるで水の流れのようだ。貫田に早さは劣るといっていたがまったく無駄がなく美しい。銃身を水平に構え、撃つ。的が中心から真っ二つになった。周囲から、おおと感嘆の声が洩れる。

「心を安くしてな。乱れていると的を射抜けぬ」

「父上は人を撃てるとお思いですか?」

丈一郎は訊ねた。的であれば躊躇(ちゅうちょ)なく撃てる。が、これが人であったら、銃口を向けられるだろうか。常々、心にひっかかっていることだった。

ふうむ、と徳右衛門は唇を曲げた。

「お前がいつも相手にしているつつじは襲ってこんからな。しかし、戦では相手も撃ちかけてくる。互いに必死になろうな。ためらっていたら、自分が倒される。倒れれば、隊にも支障が出る。それが戦だ。そんな世はわしも御免だが、倒れぬために修練を積む。修練は心を強くする。たゆまぬ努力が己の自信となる。戦で活(い)かさずとも、暮らしの中でもそれは活きよう」

ものすごくまともなことをいっている。丈一郎は驚きを隠せなかった。

徳右衛門が、にっと歯を見せた。

「身体が利かぬようになっても、善七は善七であった。あやつの鉄砲同心として修練を重ねてきたという思いと自信はまったく変わっておらなんだ。わしはそれが嬉しかった。これからは薫風会で俳諧を競うことになろうな」

三日後、代々木村の一色の抱え屋敷へ行くため、徳右衛門と丈一郎は、大久保を出た。貫田の息子がお役のため、丈一郎が代わりに貫田の世話をするのだ。

代々木までは、さほどの道のりではない。甲州街道を西に向かい、玉川上水を越えれば、代々木村に入る。そこから、畑の広がる道を行き、彦根井伊家の下屋敷の近くに屋敷はある。

寒風が吹き、空もどんよりと雲が垂れ込め、季節そのものよりも身体に寒さが沁みてくる。

貫田は駕籠だった。やはり徒歩では無理があるのであろう。杖とかなり長さのある風呂敷包みを脚の間に挟み、窮屈そうにしていた。身体が肥えているので致し方ない。その上、曲がらない右脚は駕籠の上部に心張り棒のように突っ張らせている。柔軟な身体に感心しつつも、ついつい笑いが込み上げるのを懸命に堪えた。

見かねた丈一郎が、風呂敷包みをお持ちしますといったが、貫田は首を横に振った。

徳右衛門が、それは何かと訊ねると、

「一色さまにご挨拶のための品だ」

　そう応えた。

「鉄砲同心は、微禄だからな。立派な進物は揃えることが出来ん。さればと、貫田家に代々伝わる品を持って参った」

　徳右衛門は笑った。

「その長さだと軸かの？　しかし一色さまは、さようなお方ではないぞ。勘定奉行の前は長崎奉行であられた」

　長崎奉行になると、なぜか太って帰ってくるという、旗本垂涎の遠国奉行だ。太るというのは、貫田のように肉付きが良くなるのではなく、金子が貯まるということだ。異国と門戸を開く唯一の地、長崎では、異国人や長崎商人との付き合いの中で、余禄がわんさか懐に入ってくるのである。それがお上にもわかっているため、奉行の任期は二、三年がせいぜいだ。

「欲しいものなど、もうなかろうよ。そんな気遣いは無用だ」

「しかし、気持ちだけでも伝えたいのでな」

　貫田、お前の心根は変わらぬなぁ、と感慨深げに徳右衛門は呟いた。

「ふうむ、雨にならねばよいが」

　徳右衛門が笠の縁を上げる。

「されど、雨中に句を詠むのもまた風流」

風流を解しているのかは知らねども、薫風会を追い出されずにいるということは、それなりに句が詠めるのだろう。

駕籠屋の掛け声を前方に聞きながら、徳右衛門と丈一郎は足早に進んだ。

一色の抱え屋敷に着くと、息も絶え絶えに貫田が駕籠から降り立った。

丈一郎が手を添えて、杖を渡す。風呂敷包みに手を触れようとしたとき、触るなと貫田が突然叫んだ。

「これは、失礼をいたしました」

丈一郎が眼を丸くして手を引くと、貫田は狼狽（ろうばい）しつつ、

「すまぬ、丈一郎どの。貫田家に伝わる家宝であるゆえ」

と、言い訳がましくいった。

それにしても長さがある。桐箱に収められているにしても、かなり幅広の掛軸なのだろう。貫田はそれを肩に担ぐようにした。

徳右衛門がそれを見て、思わず笑い出した。

「善七。隠居はしても長いものを持つとどうしても肩で担いでしまうか」

「ああ、まあな。哀（かな）しいかなこれだけはどうしても直らん」

貫田は卑屈な笑みを浮かべる。

いや、と丈一郎は思った。何かがおかしい。貫田に手を貸しながら、目を配る。すうっと、貫田のこめかみの辺りから、汗が一筋流れ落ちた。この寒さであるのに、汗か。その視線に気づいたのか、

「肥えたせいでな。ちょっと動くと汗をかく」

貫田がいう。

徳右衛門は、玄関で訪い(おとな)を入れる。家士が迎えに出てくると、「これは礫どの。殿さまがお待ちです」と、にこやかに促した。

つつじ見物のとき、柄に指をかけた奴ではないかと、丈一郎は記憶の糸を手繰り寄せた。

向こうも気づいたようで、

「おお、久しぶりだな。お主も薫風会に入ったのか？」

と、いきなり唇を曲げて訊ねてきた。

「まさか。私は句など詠めませんので」

「見た目でわかるぞ。ははは」

嫌味な奴だと思いつつも、丈一郎は貫田の履き物を脱がし、上がり框に足を載せてやった。父は勝手知ったるとばかりに廊下をずんずん進んでいく。

「その御仁は、初めて見る顔だが。ああ、礫どのが文で知らせてきた、御仁か」

「貫田善七と申す」

「脚がお悪いのか。それは難儀であるなぁ。だが、人と交わることは良いでござるぞ。随分と汗をかいておられるが、大事ないか」

件の家士が案内しながら気遣うようにいった。

「句の披露は初めてのことゆえ、緊張しておりましてな」

「さもありなん。ですが、ここは気楽な俳諧の会。楽しんでいかれよ」

丈一郎は、むむっと口元を引き結んだ。

こいつ、さほどに悪い奴ではないのかもしれぬ、と思い直した。

「おい、礫どの。なにゆえ、貫田どのの荷を持ってやらんのだ」

家士が、気が利かぬ男だというふうに丈一郎を横目でみる。

いや良いのです、と貫田が口を開いた。

「これは、直に私から一色さまにご披露したい品でございましてな」

「なるほど」

家士は得心したように頷くと、奥を指差した。

「突き当たりの座敷がそうだ。まだお仲間はどなたも来ておらぬ。まずは殿さまにご挨拶なさると良い」

家士はそういうと、廊下を右に折れて行った。

ふたりが座敷の前まできたとき、一色と思しき声と父の声が聞こえてきた。

「御免」

丈一郎は、膝をついた。

「貫田善七どのをお連れしました」

「入れ、待ちかねたぞ」

一色の明るい声音が響いた。

立ったままの貫田がぼそりといった。

「かたじけのうござった。これから先は、すべて我が責(せめ)。礫どのが迷惑を被らぬよう、家の者には言い置いてきた」

は？　丈一郎が眼を見開き、貫田を見上げたのと、ほぼ同時だった。

「すまぬ」

貫田が肩から下ろした風呂敷包みが丈一郎目掛けて振り下ろされた。

不覚――。

こめかみあたりにまともに喰(く)らった丈一郎はその衝撃で仰向けにひっくり返った。桐箱の中は軸物ではない。このような重みを感じるはずはない。頭がクラクラする。起き上がれない。

その傍らで、貫田はしゃがみ込み、風呂敷包みを手早く解き、桐箱の蓋を開けた。

丈一郎は朦朧とした意識の中で驚愕した。なんだなんだ。貫田の右膝はきちんと折られていた。曲がらぬというのは偽りだったのか。

太った身体にもかかわらず、素早い動きで桐箱から取り出したのは——鉄砲だ。

丈一郎は身を起こそうとしたが、未だに頭がぐらつく。一体、なにが。

貫田は勢いよく障子を開け放つと、座敷に足を踏み入れた。

いつ火種を点けたものか、きな臭い匂いがした。火のついた火縄が火ばさみにすでに挟みこまれている。引き金を引けば、弾丸が飛ぶ。

火種点けも装弾も早いという父の言葉を思い出した。いや、駕籠の中で準備を終えていたのか。

「貫田！　貴様、なにをしておる」

徳右衛門が叫んだ。貫田は片膝をつき、射撃の体勢に入る。

「どういうことだ。磔」と、一色の声にも緊張が走っていた。

「丈一郎、取り押さえろ！」

徳右衛門の怒声に丈一郎はふらつく頭を抱え、貫田にしがみつこうとした。

くいと銃口が丈一郎を捉える。くそっ、これでは腕が届かぬ。

「すまぬ、丈一郎どの。こうでもしなければ、奴らの不正を暴けぬ。慎吾が屠られる」

貫田が喚いた。

「慎吾どのが屠られるとは？」

徳右衛門が声を張る。

と、貫田はいきなり己の喉首に銃口を当てた。荒い息を吐きながら、話し始める。

「いま引き金を引けば、この座敷は血の海となりましょう。しかし、私は一命を賭して、お願いしたき儀がございます。勘定役の渡瀬家に養子となりました我が息子——」

渡瀬慎吾が、遊び金欲しさに銀相場に手を出し、多くの借財を抱えた。婿養子の慎吾は、むろん借金のことは妻にも養父にもいえぬまま、不正を働き、お上の金子を着服したとのこと。しかし、慎吾は、すべては、別の勘定役の仕業であると訴えた。

銀相場に手を出したのは、歳上の先役。たまたま西丸の修繕があり、大工の人数、材木の本数などを、先役にいわれるがまま帳簿に記してしまった。実は、それが借金の返済のための公金横領だったことに気づいた時には遅かった。

「だが、勘定頭はその者の縁戚であり、すべてが慎吾の仕業であると、訴えを退けた。それどころか、縄を打ったのでございます。渡瀬の家では罪人を出したと嘆き、慎吾は離縁され、いま伝馬町の揚がり屋におりまする。死罪となるやもしれません」

私の息子は罪をなすりつけられた、と咆哮した。そこでようやく、一色家の家士が駆けつけてきた。危急の有様に皆一斉に大刀を抜く。

いくつもの切っ先に取り囲まれた貫田はさらに声を振り絞る。

「一色さま、どうか再度お調べをしてくだされ。元勘定奉行の貴方さまなら、いかようにもお出来になるはず」

じりじりと縄の焼ける音がする。それは貫田の苛立ちと怒りを表すようでもあった。

丈一郎は頭をぶるぶると振り、こめかみを手で押さえた。ぬるりとした感触がある。目蓋の上が切れたようだ。徳右衛門が厳しい眼で丈一郎を見る。何としてでも止めろとその眼が語っていた。

「約定をくだされ。お調べをなさるとお約定を」

貫田の顔がどっぷりと汗にまみれる。息が速い。引き金にかかった指はかすかに震えていた。ゴクリと生唾を飲み込む音がした。

「お約定を、一色さま」

指が引き金に触れた。まずい、と思った丈一郎が貫田に飛びかかろうとした刹那、徳右衛門がすっくと立ち上がった。

「馬鹿かお主は。すべてはこのためにわしの屋敷を訪れ、同情を引き、謀ったのか」

「す、まぬ」

貫田が苦しげな声を出した。

「それならば、死ね。死ね死ね、死んでしまえ！　わしはお前に裏切られたことが悔しい。いますぐ引き金を引け。この、この化けむじながっ」

徳右衛門の怒号に一瞬、貫田の顔が強張(こわば)った。今だ。丈一郎は貫田の左腕を素早く掴んだ。

銃身から爆音が響いた。丈一郎は耳がちぎれたかと思った。

貫田はそのまま、獣が戦慄(わなな)くように突っ伏して、泣き声を上げた。

屋根を叩く雨音がした。それは貫田の泣き声と呼応するかのように激しさを増した。


丈一郎はつつじの剪定をしていた。

「よう。丈一郎、いつぞやは大変だったそうだな。傷はもうよいのか」

信介がにやにや笑いながら近づいて来る。丈一郎は応えず、植木ばさみを振るっていた。目蓋の上が一寸（約三センチ）ほど切れていたが、それももう癒えた。しかし、射撃音をもろに浴びた耳は未だに奥がきーんと鳴っていてうっとうしい。

「事は丸く収まったんだろ？　ならいいじゃないか」

「よくはない」

丈一郎はぶっきらぼうにいった。

「なにを怒っているんだ。元勘定奉行が勘定所の大掃除を命じたのだろう？　不正がいくつも見つかって、お上は大騒ぎだったそうだが」

結局、慎吾は助かった。だが、勝手に鉄砲を持ち出し、一色にわずかでも銃口を向けた貫田の罪は大きい。その裁きがどうなったのか伝わってこないのだ。

信介はむすっとした顔をしている丈一郎に、

「倅の貫田勘太郎のことを案じているのか？　あいつなら同心を続けているぞ」

え？　丈一郎は首を回した。

信介は頬被りの結び目を直しながら、

「此度は親父さまひとりの所業ということで、お咎めなしになった。一色さまってのはなかなか太っ腹な方だな。さすがは田安徳川家の家老だ。評定所も無視はできまい。子の汚名を晴らすため、一命を賭して談判にくるのも近年珍しいと、罪を問うどころか褒め称えたそうだ」

そういいつつ、信介は、おれだったらどうするかなぁ、息子の窮地を救うことが出来るかな、と本気で考え込んだ。それは、丈一郎とても同じだ。もし市松が身に覚えの無い罪をかぶることになったら、貫田のように命を賭けられるか。

「勘太郎の話では、隠居の親父さまは夫婦ふたり、屋敷を出たそうだ」

そうか、と丈一郎は呟いて、植木ばさみを下ろした。

あれから、徳右衛門は腑抜けたようになっている。

登代乃は「たまには静かなのもいいでしょう」と呑気に構えているが、急に老け込んだようで心配ではある。

貫田は、徳右衛門が薫風会にいることも調べていたという。これが別の者であったら、その者を訪ねただろうと明かした。それが徳右衛門だったのは偶然でも僥倖だったといったのだ。

昔の仲間に頼られ、どこかはしゃいでいただけに、ただ利用されたにすぎなかったのが、悔しく、辛かったのだろう。丈一郎にはわからぬが、歳を重ねている分だけ、落胆も大きいのかもしれない。

「しかし、此度は一色さまのようなお方だったから助かったのだ。やりすぎだろう。お前の親父さまに正直に話せば、もっと事が穏便に運んだのではないかな。まったく短慮な爺いだ」

「もう戻る」

丈一郎は植木ばさみを肩に掛けた。

「おい、こら待てよ。おれが何かいったか」

信介が呼び止めて来たが、丈一郎はつつじの樹木の間を抜け、屋敷に向かって歩き出した。

確かに貫田のやり方は無謀だった。だが、貫田は考えに考え抜いた末での行動だったと思う。徳右衛門に相談すれば、力になってくれるであろうとわかっていたはずだ。が、それをしなかったのは、徳右衛門にまで累が及ばぬようにしたのだ。だからこそ、こんな形で旧友を利用すると決めたのだ。それは短慮ではない。

つつじ畑を抜けると、

「お前さま、お前さま」

屋敷の裏口から顔を出したみどりが慌てた様子で手招きしていた。

「大変でございます。早くお戻りになってくださいませ」

一体何だというのだ。

頬被りを取り、尻端折りを直して庭に回った丈一郎は、ぎょっとして立ちすくんだ。門前を行ったり来たりしている者がいた。時々中を窺うように立ち止まっては、また去っていく。

太った身体、手には大徳利を提げている。

「ね、おわかりでしょう」

みどりが横に立って小声でいった。

「たぬき」と、思わず口から洩れた。丈一郎は、広縁から大声で徳右衛門を呼んだ。

「父上、門外にむじながおります。化けむじなではございますまいか。退治なさいますか」

どどど、と屋敷の奥から足音が鳴り響いて、徳右衛門が姿を見せた。

「善七！　貴様。どの面(つら)下げて来たのだ」

大声を張ると、貫田がのそのそと門を潜り、頭を深々と下げた。

徳右衛門は裸足(はだし)で庭に飛び下り、「ぐずぐずするな、上がれ」と、厳しい声でいうと、貫田の腕を無理やり取った。

丈一郎は空を見上げる。雲ひとつない晴天だった。

市松哀歌

一

「おおーい、丈一郎。丈一郎はどこだ」

大声とともに、どたどたと足早に廊下を歩く音が響く。

「父上、こちらです。裏におります」

丈一郎は、父徳右衛門の呼び掛けに応えた。朝から、喉も裂けよとばかりの声に、いささかげんなりする。

開け放したままの勝手口の板戸から、ぬっと徳右衛門が顔を出した。

「何をしておる、丈一郎」

竹を幾本も抱えた丈一郎に徳右衛門が眼をしばたたく。

「何って、ご存じでしょう、白々しい。雪囲いですよ。まだすべて終わっていないのです。早くしないと、雪を被(かぶ)ることになります。枝が折れてはかわいそうですのでね。お暇でしたら、父上も手伝ってはくださいませんか？」

丈一郎は、屋敷の裏に広がるつつじ畑を見やる。

つつじには常緑の種と、紅葉する種がある。楓(かえで)の紅葉、銀杏(いちょう)の黄葉もよいが、つつじも負けていない。早朝、赤く色づいた葉が白い霜を被っているのは、殊の外、美しい。

「わはは、何をいうておる。わしには鉄砲同心のお役目があるのだぞ。つつじの世話は未だ部屋住みのお前にすべて託してある。わしは、ちまちま花がらを摘んだり、枝を剪(き)ったりするのは性(しょう)に合わん」

と、鼻息荒く、胸を張る。そこは威張るところではなかろうと、丈一郎は唖然(あぜん)としながら我が父を眺める。

父とて、若い頃は祖父とともにつつじの世話をしていた。もっとも、「あやつは粗雑で困る」と、生前の祖父から丈一郎は幾度も聞かされていた。

「お言葉ですが、父上。私とてつつじ栽培を好きでやっておるのではありません。すべては礫家のためであることをお忘れになっては困ります」

むむ、と徳右衛門が口元を歪めた。

「少しでも銭を稼ぐためにやっているのですよ」

ふん、と徳右衛門が顎を上げた。

「つつじ栽培の名人であった飯島武右衛門どのに栽培のイロハを習いに行ったのは誰か

な？　ああん？　興味がなくばそのように教えを請うような真似はせんだろうが」

せせら笑いながら、丈一郎を見る。丈一郎は視線を逸らした。徳右衛門に見透かされているのがなにやら悔しい。

つつじを育てるのは銭を稼ぐ以上に、やりがいを感じている。どんな植物もそうであるが、その花を美しく咲かせ、健やかに保つためには、一年を通して世話をしなければならない。

花を愛でるのは心の余裕があってこそ。世が平らかであることの表れだと思っている。飯島の受け売りではあるが、幾年もつつじと向き合っていると確かにそう思える。

ふと、鉄砲同心などいまの世に無用ではないかと頭をよぎることがある。将軍の御成に随行するのも、城門の警護も扶持を与えているがために、使役させているだけではないかと思うと絶望的な気分になる。

けれど、こんなことを考える自分は鉄砲同心として失格なのだろうか。いざ、というときのために、銃撃の腕を磨いておかねばならないにしても、だ。むろん、丈一郎も角場に足を運ぶ。月に十日は銃を手にする。修練は心を強くする、たゆまぬ努力が己の自信となる、と徳右衛門はいった。どのようなことがあろうと、動揺せぬ心を持てということだろう。

徳右衛門が隠居をすれば、丈一郎が家督を継ぐ。それはすなわち、鉄砲同心のお役も襲うことを意味する。警護に出向くことが増えるだけで、つつじの栽培は変わらずある。大久保の地を守る百人組だからこそ、つつじ栽培が内職になっている。提灯や傘張りを内職にしている鉄砲隊もある。それを思うと、いかに大久保百人組が恵まれているか、と丈一郎は思わなくもない。

この大久保の地を我らの手によって美しく彩ることが出来るからだ。百人組にしか出来ないからこそ、と思えば悪くはない。

「これ、丈一郎、眉間に皺を寄せていないで何とかいわぬか」

丈一郎は、はっと我に返って目の前に立つ徳右衛門を見る。

ああいえばこういう親父と付きおうている場合ではない。低いつつじは、縁台を作るように竹を組み、背の高いものは円錐形に竹を回す。まだ数日はかかりそうだ。もたもたしていたら、雪に見舞われる。

「私は忙しいのです。ご用事があるなら、早くおっしゃってください。つつじが心配です」

ほう、と徳右衛門が小馬鹿にしたように眼を細める。

「認めたか、まことはつつじ栽培が何より好きなのであろう？　鉄砲の修練をろくにせぬのも、つつじにかこつけているだけではないか。だからわしはこの歳になってもお前に家督が譲れんのだ」

さも落胆しているというふうに、眉尻を下げた。丈一郎は抱えた竹を地面に下ろし、徳右衛門を睨めつけた。

「お、お、父に対してその顔はなんだ。やるか、こら」

徳右衛門が色めき立つ。

やれやれ、と首を横に振りながら、丈一郎は父に近寄り、その脇をすり抜け三和土に入った。隅に置かれた藁縄を取りに来ただけだ。むっと、徳右衛門が首を回す。

「この腑抜けが。やはりお前はつつじと戯れているほうが似合うな」

丈一郎は息を吐いて気を落ち着け、ふっと笑みを浮かべた。

「父上、今年はつつじの鉢植えがよう売れました。おかげで、正月は安泰でございます。父上は餅が好物でしたな。隣家の増沢にも大きな顔ができます」

「なんと」

徳右衛門が眼を見開いた。

増沢家と礫家では、師走の末に搗き屋を頼んで、鏡餅と伸し餅を作る。昨年は、互いの家で二升ずつ糯米を持ち寄ったが、今年、礫からは四升出してもよいと思っている。

つつじは別の品種同士での交雑が可能な植物だ。つつじ栽培の楽しさはそこにもある。丈一郎も五年ほど前から、様々な品種を作ろうと試してきた。その交雑種のひとつが、斑入りの花に、皐月に似た細い葉の姿がよく、そのつつじの鉢植えが飛ぶように売れたのだ。

「餅搗きはわしに任せろ」

張り切った徳右衛門は丈一郎の冷ややかな視線を感じたのか、鉢植えが売れたおかげか、いいことだな、ときまり悪そうにひとりごちた。増沢家とは仲良く付き合ってはいるが、折に触れて競い合う。餅搗きもそのひとつだ。搗き屋を差し置き、父親同士が杵(きね)を持つ。どちらの餅が柔らかいか、鏡餅の形がよいか、そんな子どもじみたものではある。両家の嫁は、そんな舅(しゅうと)の姿を冷ややかに見ている。

ことり、ことりと杖をつきながら、祖母の登代乃が廊下を歩いてきた。徳右衛門は素早く隅に身を寄せる。

「おや、丈一郎。朝餉はまだかね。みどりもいないのだよ」

丈一郎の妻みどりは今朝(けさ)から、市松が通う私塾天心堂(てんしんどう)に赴いていた。師匠に呼び出されたのだ。市松に何か粗相があったのかと、みどりは訝りつつ出かけた。

「母上はおられませんか?」

登代乃がさもおかしいとばかり、噴き出した。

「わたくしの母はもうとうに亡くなりましたよ」

ああ、そうかと、呟いて丈一郎は祖母に笑いかけた。今朝は少しばかり時が遡(さかのぼ)っているようだ。朝餉を食したことも忘れてしまっている。

「そうでしたね、失礼いたしました。広江ですよ」

登代乃は、ああと首肯して、文句を垂れた。

「あの女ね。朝餉の用意もせずどこをほっつき歩いているのやら」

「そのうち帰りますでしょう。そうだ、徳右衛門どのがおります。ともにお茶菓子でもつまんではいかがですか」と、丈一郎は悪戯っぽくいう。

隅で身を縮こませる父をちらと見ると、懸命に手を振っている。やめろといいたいのだろう。

「あらあら、徳右衛門、いい歳して、そんな処で隠れ鬼ですか？　ですが台所で隠れるとは情けない。殿方は厨房に入ってはなりませぬ。それとも、なにか食べ物でも漁りに参ったのですか、浅ましい」

登代乃は徳右衛門の顔を見止めた途端に、現に引き戻された。我が息子の顔は忘れないのだろう。丈一郎は、くくっと含み笑いを洩らして父を窺う。徳右衛門は苦虫を嚙み潰したような顔をしながら、しどろもどろにいった。

「丈一郎が裏にいたもので」

「問答無用。では、わたくしが茶を淹れましょう。菓子は……そうそうわたくしの部屋の手文庫に羊羹がございますのでね。それを食すといたしますか」

と、登代乃が身を翻した。杖を手早く扱い、来たときとは打って変わったしっかりした足取りで廊下の奥へと向かう。

　羊羹は、田安徳川家の家老である一色直安から「到来物で悪いが」と、四棹頂戴した。旗本や大名は盆暮れ正月と様々な進物合戦を繰り広げる。その余剰品がわんさかあり、一色は薫風会の会員に分け与えているのだ。

　五日前に会が催され、徳右衛門は「わしの句が秀でていたのでな」と、うそぶきながら羊羹を差し出した。それを見たみどりと広江は、眼を輝かせた。『鈴木越後』の羊羹だ。鈴木越後といえば江戸屈指の菓子舗であり、そこの羊羹は一棹一両という途方もない高価な品だった。嫁姑は向こうが透けるほど薄く切って、ちびちび味わっている。徳右衛門が一口で放りこもうものなら、「義父上、贅沢な真似をなさいますな！」と、みどりに叱責された。それが一昨日、一棹消えた。嫁と姑は血眼になって探していたが、盗人は祖母だったのだ。それはそうだ。鉄砲同心の屋敷を選び、わざわざ盗みに入る者などいない。鉄砲を撃ちかけられる恐怖が理由ではない、貧乏なのを知っているからだ。

「手文庫に羊羹を隠していたのか。どうも一棹足りぬと思うていたが」

　徳右衛門が呆れて呟くと、おい、と身を寄せてきた。

「婆さんは、どこまで正気なのだ？　わしはよくわからん」

　さあて、と丈一郎は首を傾げた。

「お祖母さまは私を孫と認識しているかどうか疑問ではありますが、どうも父上だけは、忘れたくても忘れられないようでございますな」

「なんだ、その物言いは」

「五十半ばを過ぎても、可愛い息子なのでしょう」

皮肉か、と徳右衛門は、あからさまに顔を歪めて呟いた。

「それで父上、私になにか」

「ん？　いやもう、いい。わしひとりでなんとかする」

と、眉を引き上げた。そのとき、

「徳右衛門、いかがした。早う、わたくしの部屋までおいでなされ」

登代乃の声が奥から飛んできた。

「母上、ただいま参りますぞ」

徳右衛門が急ぎ、足を鳴らして、登代乃の部屋へと向かった。

二

昼九ツ（正午）の鐘の音が、きりりと澄んだ寒気に響きを残す最中、礫家に訪いを入れる者があった。

近所でのおしゃべりを終えて戻った母の広江は登代乃のため昼餉の用意をしていた。雪囲いを終え、泥を洗い流し、台所に入った丈一郎が、代わりに玄関へ応対に出た。

眼が細く、顎が長い男が立っていた。初めて見る顔だ。

「突然に恐れ入りまする。こちらは礫どののお屋敷で間違いないでござろうか。私は、御先手弓組同心の多部源五郎と申す。ご当主はご在宅でござるか。お取次を願いたい」

さ、先手組？　と丈一郎は心の内で呟いた。先手組の組屋敷は、ここ大久保の百人組組屋敷からさほど離れてはいない。通称コブ寺と呼ばれている自証院を挟むようにして、東側に組屋敷が並んでいる。だが、訪ねて来た者の姓名はこれまで聞いたことがない。父の知り合いであれば、『薫風会』の者だろうか。だとしても、先手組の同心がいることは耳にしていない。

「父の徳右衛門はただいま他行中でありますが」

「父？　そこもとは」

多部が怪訝な顔で丈一郎を上から下からじろじろと見る。や、しまった、と丈一郎は己の姿を眺めて慌てた。継だらけの股引に尻端折り、頭の手拭い。どう見ても処の百姓か、雇われ者の下男という風体だ。

「まことに失礼いたした。私は鉄砲組同心礫徳右衛門の息、丈一郎でござる」

急いで手拭いを取った。髷はもちろん武家髷である。

あ、と多部が眼をぱちくりさせた。

「じつは、つつじ栽培をしておりますので、こういう形を」

「我らも大して変わりませぬ。徳右衛門どのというのは」

「ああ、私は嫡男ではありますが、家督は継いでおりませんので、礫の当主は我が父でござる」

「では、そこもとが、礫市松どのの父上でござるか」

はあ、そうでございますが、と丈一郎が応えるや、多部の表情が途端に険しくなる。

「市松どのは、まだ帰っておられないか？」

「天心堂から戻ってはおりません」

それならば都合がよろしい、と大きく頷いた。

「少々お話がしたい」

厳しい口調で多部がいった。

母の広江が、丈一郎の着替えを手伝いながら、訝しむ。

「お話とはなんでしょうね。市松といったのでしょう？　あなた、まことに多部さまを存じ上げないのですか？」

面識はまったくない、と丈一郎は首を傾げた。ただ、多部はどうやら市松を知っている。しかも本人はいないほうが都合がいいということは、やはり市松がなにか粗相でもやらかしたのかもしれない。

「なにやら胸騒ぎがいたします。みどりは天心堂に呼び出されたのでしょう？　きっとよくないことに決まっておりますよ」

「母上、そう決めつけることもありませんでしょう」

と、広江をなだめつつも、丈一郎も心中穏やかではない。

ともかく多部どのの話を聞きましょう、と丈一郎は襟元を整え、廊下へ出たが、はたと気づいて母を振り返った。

「父上はまだ戻りませんよね？」

「ええ、大切なご用事だとかで、与力さまのお屋敷へ行っておりますよ。もしも帰って来ましたら、客間には入らぬよう是が非でも止めますから。お義母さまが」

広江と丈一郎は顔を見合わせて、含んだように笑う。

「それは、名案ですな。お願いいたします」

父が入ると、小さなことも大事になる。さらにややこしいことになりかねない。だが、祖母の登代乃なら、父を引き止めておくことが出来る。

丈一郎は着替えを済ませ客間に向かった。

「お待たせしました。先ほどは、お見苦しい姿で失礼いたしました」

多部は手あぶりにかざしていた手を引いて、居住まいを正した。

「ああ、お楽に、お楽に。めっきり寒くなってまいりました。手あぶりひとつで申し訳ありませんが」

「お構いくださいますな」

多部は丈一郎をきつく見つめ、口元を引き結ぶ。いいたいことを今は懸命に堪えているというふうに丈一郎の眼には映った。

「お話を伺いましょう。私の倅の市松がなにかご迷惑でもおかけいたしましたでしょうか?」

丈一郎がいうやいなや、多部はもう辛抱出来ぬとばかりに出された茶をひと息に飲み干すと、いささか乱暴に湯飲み茶碗を置き、口を開いた。

「礫どのは、我が息、新之丞(しんのじょう)をご存じか?」

唐突な問いかけに躊躇していると、ああ、もうよろしい。そのお顔では知らぬということでしょう。それはそれで構わぬのですが、と多部はひとり得心していった。

「新之丞は我が多部家にとって待望の男子でありました。妻はすでに二度子を流しており、産婆には、これが子を得る最後になるやもしれないと、無慈悲なことをいわれ、妻はそれはそれは悲嘆にくれていたのだが——その心痛もあったのであろう。月が満ちる前に生まれてしまった。だが、男子であるとわかったときは、家族一同、感涙にむせんだ。しかしながら、産声も力なく、身体は小さい。果たして無事に育つかどうか危ぶまれた」

多部は、いきなり早口でまくし立て始めた。丈一郎は相槌を打つ暇もなく、ただ多部の話に耳を傾けた。

月足らずであったせいか、病がちで成長も遅く、真綿で包むように育ててきた。言葉が出始めたときには、我先にと、母、父、爺、婆を教え込み、一年と三カ月でようやく一歩を踏み出したときには、皆、涙を流して喜び、走ったときには歓喜し、飯を口にしたときには、号泣した。無事に袴着の儀を迎えられたときには、越後屋で衣装を揃え、隣近所に鯛を振る舞った。

口角泡を飛ばし、話し続ける多部の顔は上気し、眼が血走る。

うーむ、と唸って、丈一郎は腕を組んだ。この御仁は一体なにをしにきたのだろうか。まさかとは思うが、少々気鬱の気があるのではないかと怪しんだ。

と、突然、多部の言葉が止まった。その隙を逃さず、丈一郎は身を乗り出して、口を開いた。

「多部どの、ご子息のことはよくわかりましたが、それが市――」

「まだでござる！」

多部は丈一郎を掌で制した。

むっ、と丈一郎は顎を引いた。

「病を得がちの新之丞を、ほとんど家の中で過ごさせて参りました。そのせいで、色白く、手足も細い。組屋敷の子らは父親のお役目柄か乱暴者が多いため、女子とままごと遊びやかるたをさせた。ただ、我らは新之丞を守りたかった。立派に成長するのを祈るように待っていたのだ。それが、悪いとでもいうのでござるか！」

多部の語気が荒くなる。いまにも、右に置いた大刀に手を掛けそうな勢いだ。丈一郎の気が張り詰める。作法通りだとはいえ、右に置いているのだから、刀を抜けなくはない。

多部は、床の間に活けられた椿を見て、ふと笑みを浮かべた。

「武士の家で椿ですか」

椿の花は、花びらが散ることなく花のまま落ちる。それが、首が落ちることを連想させると嫌う武士は多い。だが、徳右衛門は違う。いっそ潔く、清々しいと、白や赤、桃という花色の椿を植えている。世話はもちろん、丈一郎がしている。

多部はひと息吐いて、再び話し出した。

「しかし、さすがに八つになり手習いへ通わせねばと思うた。我が妻はそれを拒んだ。新之丞を心配してのことだ。だが、私は妻を説き伏せた。このままでは、御先手組同心は務まらない。わかるであろう」

はあ、と丈一郎は、剣幕に気圧されて首肯した。ここで得心しなければ、怒鳴り散らされるような気がしたのだ。

「泣く泣く妻も同意し、この四月より天心堂に通わせた。通わせて、五日ほど経った頃、同じ歳の仲良しが出来たと新之丞が嬉しそうにいった。その喜び、ああ、この子は我ら夫婦が思っていたよりも健やかにたくましく育っていたのだと。すべては杞憂であったと安堵したのも、束の間」

と、多部が腿に置いた拳をぶるぶると震わせた。

「このひと月、我が息子は天心堂に通うことが出来ませぬ」

苦しみを吐き出すかのようにいった。

「それは、なにゆえでござるか？」

丈一郎は、訊ねた。多部が目蓋を閉じて、顔を伏せる。

訊ねたものの、その返答を聞きたくないという思いが湧き上がってきた。おそらく同じ歳の仲良しというのが市松であろう。

市松がなにか新之丞という子に――。いやいや、待て。市松はそのような子ではない。親が信じずにいてどうする。なにか訳があるのではないか。

三

「か、わず、でござる」

ようやく口を開いた多部がぼそりと洩らした。

「かわず？　蛙のことでござるか？」

丈一郎は思わず訊き返していた。蛙がどうしたというのか。だいたい、蛙は寒い時季には土中や石の下に潜り込んで春を待つ。いまは見たくても見られない。

「情けないとお笑いめさるな」

と、前置きしてから、新之丞は大の蛙嫌いなのだといった。

「それを面白おかしく囃し立てられ、土中で休んでいる蛙を探し出してきては、新之丞の襟首に入れたり、歩いている際に投げつけたりされた」

丈一郎はそれを聞いて、噴き出しそうになった。お笑いめさるなといわれたのだ。込み上げてくるものを丈一郎は堪えた。

たかだか蛙が原因で天心堂に通えなくなるとは。いくらなんでもひ弱すぎる。きっと多部はそれが親として恥ずかしく思えたのであろう。

「多部どの。そのようなこと、気に病むことはないのではありませんかね。新之丞どのの蛙嫌いも、そのうち直るのではございませんか。かくいう私も、流しに現れるごきかぶり（ゴキブリ）が苦手でござってな。そうしたときは、我が妻が退治しております」

ははは、と盆の窪に手を当てながら、笑った。

すると、多部が顔を上げた。身体を激しく震わせる。眼は真っ赤に染まり、眉が吊り上がり、結い上げた髷がいまにも立ち上がりそうだ。

本気で憤っている。

多部はいきなり大刀の鞘を摑んだ。

咄嗟に丈一郎は身構え、「なにをなさるか」と怒鳴った。

頭に血を上らせた多部は、どんと鐺を打ち付けた。

「そこもとのような親がいるのが信じられん。もうおわかりだろうが、市松どのの所業であるぞ。新之丞は、蛙から逃げるために転び、足をくじいたのだ。どうしてくれる！　お主の息子のつまらぬ悪ふざけで、新之丞は怪我を負わされたのだぞ。それでも、そこもとは、新之丞に非があると申すか！　蛙が苦手だという新之丞が悪いというのか」

黙っておらずに、ご返答召されよ！　と、多部は片膝を立て、再び鐺を打った。

「ま、待て、待ってくだされ」

丈一郎は慌てて、両の手を差し出し遮った。黙っておらずにというが、言葉を挟むいとまもなかった。多部は身じろぎもせず、丈一郎を厳しく睨めつける。

「何を待てというのだ。人には、得手不得手があるのだ。礫家ではどのような躾をなさっているのだ。人の弱みにつけ込み、得意顔をする卑怯者をお育てか！」

ともかく、と丈一郎は背筋を伸ばし、居住まいを正した。

「多部どの、我が息、市松は訳もなく悪ふざけをし、ましてや仲良しの苦手な物で脅かすような真似はいたさぬ。蛙が苦手というのは致し方ない。しかし、新之丞どのにも何かあったのではあるまいか？」

「何か、だと？ 手出しをしている者が悪いのだ。何より天心堂に行けなくなったのが、その証ではござらぬか」

怪我をして医者も呼んだ。薬袋料と往診代がかかったのだ。ひと月だぞ。天心堂に謝儀も支払っているのだ。それも返せ、と多部は怒りをあらわにいい募った。

なにを求めて、この男は来たものか。謝罪か銭か。次第に丈一郎の頭にも血が上り始めた。

それにしても、貫田善七といい、我が子のことになると親というのは、なりふり構わず行動するものか。私はどうだ。市松が悪ふざけをしたということに、さほど悪気は感じていない。親同士、笑って済ませるということが出来ぬのか。こんなことは、子ども時代であれば誰でも経験していることではないか。

「このような侮りを受け、我慢がならん。え？ 蛙が苦手な我が息子が悪いとでもいいたげだ。怪我をしたほうが間抜けだというのか」

「そのようなことはいっておらん。多部どの、少し落ち着いてくだされ」

丈一郎はなだめるようにいったが、それが火に油を注いだようだ。多部は興奮気味に、身をさらに震わせて、

「子が馬鹿にされ、落ち着けるか。この恥は雪がねばならん」

「雪ぐと申されても」

「互いに得意なもので、白黒つけようではないか！」

多部が激しい口調でいった。

は？　なにゆえそうなるのだ。

「私のいうことを理解されておられぬようだ。そこもとは鉄砲同心であろう。私は西丸御先手弓組だ。御鉄砲矢場で勝負をすればよい。どちらが、多く的を射抜くか」

多部が長い顎を突き出しながら、見下すように丈一郎へ視線を放った。

「それで、どうしようというのだ。子どものことにいちいち親が出ては、子らが恥をかきまするぞ」

丈一郎は多部を見返した。

多部は黙っていた。だがその表情は怒りを隠さない。

「多部どののお話はわかりました。しかしながら、私はまだ市松から話を聞いておりま

せん。本日のところはひとまずお帰りください。市松より話を聞き取った上で、お返事を差し上げましょう」

丈一郎はいい放った。すると、多部がふと笑みをこぼした。

「妻女が天心堂に呼び出されたであろう？　この一件についてだ。我が子の所業に今頃、肩身の狭い思いをしているであろうな」

丈一郎は、ぐっと多部を見据えた。

「お帰りくだされ」

ふん、と多部は立ち上がり、大刀を腰に戻した。

「私の組は、加役として火付盗賊改方を仰せつかっている。お頭は、久須美祐雋さまだ」

火盗――。町奉行所は悪人の捕縛もするが、民事や様々な訴えも受け付けている役所だ。だが、火盗は違う。火事と盗人の捕縛に特化したお役だ。

火盗を率いる頭は、武芸に秀でた者が多いと聞くが、その配下である者たちも腕に覚えがあるということだろう。

妙な脅しをしおって。多部が座敷を出て行ったが、丈一郎は見送りには立たなかった。

多部が辞去してまもなく、母の広江が不安げな顔で客間に入って来た。腕を組み、不

機嫌な表情をしている丈一郎を見て、

「何があったのです？　怒鳴り声も聞こえてきましたが」

と、すぐさまかしこまり、顔を覗き込んできた。

じつは、と丈一郎は多部が語ったことを洩れなく話した。

広江は眼をしばたたく。

「そんなこと、偽りに決まっております。市松が人に悪さをするなんて。わたくしは信じませんよ」

杖をつくお義母さまを支えて歩くような子ですよ、軒下のツバメの巣を壊そうとしたあの人にヒナが飛び立つまではと泣いて訴える子ですよ、と丈一郎に詰め寄ってくる。

「私とて同じです。市松はそのような真似をして喜ぶ子ではありません」

「それならそうおっしゃいな」

と、広江が不満を洩らした。

丈一郎は首を横に振る。

「とても、聞く耳を持つ御仁ではありませなんだ。無論、新之丞という息子可愛さゆえのことでしょうが」

「とんでもないことです。勝負をしろとか、銭を寄越せとか、まるで破落戸の脅しのようではありませんか」

それが火盗だなどと、聞いて呆れます、と広江はいい放った。

「ですが、みどりは天心堂に呼び出されております。ともかく、ふたりが戻るのを待つしかなさそうです」

だが、広江の懸念は早くも徳右衛門に及んでいた。

「どうします？　あの人に話しますか？」

いや、と丈一郎は頭を抱えた。告げれば、火盗だろうが勝負だろうが、「わしが受けて立つ」と、張り切りそうだ。

「困りましたねぇ」

広江が嘆息したとき、みどりの声がした。

四

市松から話を聞きたいと広江が食い下がってきたが、

「市松の父親は私ですから」

と、座を退けさせた。

広江が座敷を出ると、丈一郎は腕を組み、沈思した。

子を守るのは親の役目。子を信ずる、それが守ることにもなる。丈一郎は目蓋を閉じた。息を吸い、静かに吐き出す。

障子が開くと同時に目蓋を開けた。

「お前さま、ただいま戻りました」

みどりが廊下にかしこまり、頭を下げる。

市松は、みどりの後ろに控えていた。顔色が優れない。当然だろう。ほんの半刻ほど前に我が家を訪れた多部源五郎のいい放ったことがすべてまことであるなら、塾でもこっぴどく叱りつけられたに違いない。

それも、おそらく多部が塾に乗り込んで、市松の行いを悪鬼の所業のごとく、唾を飛ばして語ったせいであろうが。

「ご苦労だったな。して、天心堂の師匠から何を告げられたのだ」

丈一郎は極力平静を保ちつつ、明るい調子で声を掛けた。

「それが」

と、みどりは口ごもり、辺りにちらちらと厳しい視線を放つ。

母よりも、父の徳右衛門を警戒しているのだろう。

丈一郎は、みどりへ目配せして、頷きかけた。それで、父が留守であることが伝わったようだ。すっと腰を上げると、市松を促し、座敷に入って来た。みどりはゆっくりと障子を閉める。

市松は障子の前で膝を揃え、唇を嚙み締め、俯いていた。

「外は寒かったろう？　そんなところにいないで、こちらに来たらどうだ。火鉢にあたるがいい」

丈一郎は手招きをした。

みどりが、市松の背を優しく押す。それに少し抗うように顔をしかめた市松が、膝立ちで進んで来ると、丸火鉢を挟んで丈一郎と向かい合った。

「市松、どうしたその顔は。塾で何があったのだ？　算術か素読を怠けていたのか？」

丈一郎はすぐにでも此度の事の次第を問い質したい思いを堪え、笑いかけた。無理に笑顔を作ったせいで、頰の肉がぴくぴくする。まったく、情けない。多部のような親なら、回りくどいことなどせずに、矢継ぎ早に言葉を繰り出せるのだろうが。

市松は顔を伏せたまま、腿の上に載せた両の拳を握り締めていた。

「父にはいえぬか？」

市松が不意に顔を上げ、真っ直ぐな眼を向けてきた。

むむ、と丈一郎のほうがうろたえる。待て待て待て。なぜ私が動揺しているのだ。親が心乱れては、子を導いてやれぬではないかと、丈一郎は丹田にぐっと力を込める。

だが、市松の曇りのない澄んだ瞳に丈一郎はわずかながら安堵した。

親に媚びる眼でもなければ、言い訳を考えている眼でもない。はたまた救済を求める眼でもなかった。ただ、真っ直ぐだったからだ。まだまだ幼いと思っていたが、このような眼をするようになったのだと、丈一郎は嬉しく思えた。が、そのぶん、己が市松の変化に気づいてやれなかったことを悔やんだ。

しかし、と丈一郎は考えた。色白く、きょろりとした眼に厚めの唇という容貌は母のみどりによく似ているが、性質はどちらかといえば、丈一郎寄りだ。黙して語らず、とまではいかないが、口数は少なく、物事に接するにも慎重を期す。ともあれ、頑固なうえに怒りっぽく、己が己がとしゃしゃり出てくる父徳右衛門の気質を受け継がずによかったと心の底から思う。

「お前さま？」

丈一郎は、はっと我に返った。みどりが怪訝な顔をしていた。

「いや、すまん。して、市松」

再び声を掛けると、市松はまた俯いてしまった。

厄介なことに市松は少々依怙地(いこじ)なところがある。これは、思ったことを後先考えずにずばずばいってのけるみどりの口攻撃を内に潜ませたものという感じだ。男と女の違いもあるのかもしれないが、市松は口にしたいことをぐっと堪え、己が思い至ったことは決して曲げない。

「お前さま。じつは」

みどりが身を乗り出した。丈一郎は妻を制した。

「私は市松から聞きたいのだがな」

すると、市松が突然肩を震わせ、嗚咽を洩らし始めた。涙がこぼれ落ちるのを抑えたいのか、歯を食いしばっているのが見て取れる。心に反して身体は正直だ。小刻みに動く。このままでは埒が明かないと、焦れた丈一郎はつい声を荒らげた。

「なぜ泣くのだ。はっきりといったらどうだ。多部新之丞という者との間に何があったのだ」

市松がびくりとして、顔を上げた。潤んだ瞳の奥におののきがあった。

「お前は弱い者をいたぶって楽しかったのか。それが武士の子のやることか、答えろ」

「なんという物言いをなさるのです」

すかさずみどりが口を開いた。丈一郎は市松に視線を向け、

「先ほど、新之丞の父が我が家に参った。散々にまくし立てて帰っていったのだ。市松、お前を罵ってな」

吐き捨てるようにいった。

「父と母に伝えたきことがあるなら、きちりと己の言葉でいえ。お前は訳もなく、他人をいたぶるような真似はせぬと父は思っている。塾でふたりは仲がよかったのだろう。とすれば、新之丞のほうにも、落ち度があったのではないか？　喧嘩であれば両成敗。

どちらが悪いということはない。どちらも悪いのだ。互いに悔い改めればよい話だ」

市松は黙っていた。

「なぜ何もいわぬのだ。新之丞に何かいい含められているのか？　このままではお前がすべて悪いとなるのだぞ。蛙を恐れるような男児にお前は勝てぬのか？　ちゃんと話してくれれば、あちらの家に出向いてやるぞ」

多部もこちらに参って文句をいったのだ、と丈一郎は苦々しい顔をした。

「――してない」

市松がぼそりと呟いた。

「ああ？　聞こえぬ。もそっと声を張れ」

丈一郎が首を伸ばすと、

「喧嘩なんかしてない。喧嘩じゃないっ」

市松が振り絞るように声を張り上げた。

「新之丞に蛙を投げつけたり、文机の上に蛙を載せて脅かしたりもした。すべてやった」

「市松、まことか？」

丈一郎は己の声がうわずっていることに気づきながら問うた。市松が丈一郎から顔を逸らし、さらに続けた。

「あいつが怖がって叫び声を上げるから、面白くてやったんだ。塾の皆で笑い者にした。弱い奴は強い奴に何をされても仕方ないんだ。猫が鼠を追うのと一緒だ。鼠になっちゃいけない」

市松の眼はすっかり乾き、涙が流れた痕も白く筋が残っているだけだった。

丈一郎は呆気にとられ、ひと言も返せなかった。

「お祖父さまは、強くなきゃ駄目だといった。臆病者は戦になったら死んじゃうって」

「市松。下がりなさい。自分の部屋に行きなさい」

みどりが眉根を寄せ、厳しくいった。市松が己の母を仰ぐ。

「さあ早う。ここから出て行きなさい。弱虫のたわごとは聞きとうありません」

再び強い口調でいうと腰を上げ、市松の腕を取った。物言いのきつさとは裏腹にみどりの顔は哀しみに満ちている。

腕を取ったまま無理やり市松を立たせると、引きずるように廊下へと連れ出し、足を払って転がすと、すぐに障子を後ろ手に閉めた。

医者の娘のくせに見事な足払いだったと丈一郎はうっかり感心してしまったが、みどりは硬い表情で丈一郎の前に座った。

「ずいぶんと乱暴だな。あそこまでせずとも良かったのではないか」

丈一郎がたしなめると、塾へ赴いたからだろう、珍しく紅を引いた唇をみどりは悔しげに噛み締めた。

「天心堂の塾頭にも終始あのような態度で臨み、その上、親にまでも。それも含めてのことです。市松の考え方ならば、強い立場のわたくしからあのような仕打ちを受けても当然でございましょう」

みどりはわざとらしく声を張り上げた。市松がまだ廊下にいることを見越してのことだろう。

「塾頭がお出ましということは、やはりまことなのか？」

丈一郎は小声でいった。

「本人もそういうたではありませんか。わたくしは針の筵(むしろ)に座っているような心持ちでした。なぜ市松が、と」

みどりは背を正し、毅然(きぜん)と応えた。

「しかし、市松がそのようなことをするものか？　私は信じられん。やはり新之丞という子が——」

首を捻る丈一郎の言葉をみどりが遮った。

「己の子が目の前でいったのです。都合のいい時だけ信じて、立場が悪い時には信じないのでは、勝手が過ぎます」

それに、とみどりが丈一郎を見据えた。

「お前さまのあのお言葉にわたくしは承服いたし兼ねます。市松が悪ふざけを幾度も仕掛けた多部新之丞どのにも落ち度があったと疑うとは何事ですか。よいですか、お前さま」

みどりの声が次第に高くなる。

「そこまで心痛を抱かせたのは市松なのです。それを責めずに、喧嘩は両成敗だの、蛙を恐れるような男児にお前は勝てぬのかなど、浅はかなことをおっしゃいますな」

「浅はかだと？　お前の物言いも私を傷つけておるぞ。それならば息子可愛さのあまり、我が屋敷へ乗り込んできた多部どのはどうなのだ。挙げ句の果てに、鉄砲と弓の勝負を挑まれたのだ」

丈一郎は思わず膝立ちをして負けじと返した。みどりは卒倒しそうなほど顔を歪め、

「まったく、殿方は。親馬鹿も通り越せば、ただのうつけ。多部どのにまずは謝罪するのが筋でありましょう」

と、いい放つ。

浅はかだの、うつけだの、いいたいことをと、丈一郎はみどりを睨めつけた。

「まことの事もわからぬのに、なにゆえこちらが詫びなければならんのだ」

「いいえ。新之丞どのは怪我をして塾にも通えないと塾頭より伺いました」

「転んだからであろう」

「そのきっかけを作ったのは、市松なのです。それがはっきりしているのですから、謝罪をせねばなりませぬ。それで多部さまに納得していただいた上で、その原因となったことを明かしていくべきでございましょう」

むむ、と丈一郎は言葉に詰まる。

「わたくしの物言いがお前さまを傷つけようと構いません。わたくしは、市松と新之丞どのの心痛のほうが心配なのです」

みどりは廊下へと眼を向け、そっと息を洩らした。ひそやかな足音が座敷の前から離れて行った途端にみどりの表情が崩れ、がくりと前のめりになって片手をついた。

「ど、どうした、みどり？」

「誰が憎くてあのような真似をするでしょう。なぜこのような仕打ちを母から受けたのか、市松なら気づいてくれると思っております」

みどりは己の苦しみを吐き出すようにいった。

五

夕餉に、市松は姿を見せなかった。

「子どもがご飯を食べないなんて。わたくしが膳を運んでやりましょうかね」

祖母の登代乃がいう。

「義母上、足がお悪いのですから、わたくしが参ります」

母の広江が杖にすがって立ち上がる登代乃に声を掛ける。

「あらまぁ、そんなことすっかり忘れていました。ほほほ」

徳右衛門が箸を手に、ぎろりと眼を光らせた。

「どうしたのだ、市松は？」

「少々、風邪(かぜ)気味なようで休ませております」

慌てて丈一郎がいう。

「風邪だと？　子どもがなにをいうておる。飯を食い、井戸水でも被れば、病のほうから逃げていくわ」

「おやおや。幼い頃、それをして熱を出したのは誰だったかねぇ」

登代乃が肩を揺らす。徳右衛門が、余計なことをとばかりに、ごほんと咳払(せきばら)いをした。

丈一郎がすかさずいった。

「父上、そうだったのですか？」

「忘れた」

徳右衛門がふんと鼻を鳴らして、膳から納豆の入った小鉢を取り、むすっとした顔をする。

「年の瀬ですよ。大晦日には掛取りがこぞってやって来ます。毎日のやりくりだけでも大変なのに、まとめて銭を支払えば年越しができませぬ」

「夜も納豆か」

広江が嘆くように息を吐く。

「なにをいう。頂戴している禄に不満があるというのか」

「そうではございませぬが」と、広江が身を硬くする。徳右衛門が、ちらとみどりを窺い見る。何かいってくるのではと思っているのだろう。しかし、みどりは飯櫃を前に心ここにあらずというように、ぽかんとしている。

市松のことで頭が一杯なのだ。

徳右衛門がなぜか肩透かしを食ったような表情をして、「市松の膳を寄越せ」といい、この食いしん坊と登代乃に怒鳴られた。

ああ、いつだったかこんな場面を見たような――そうだ。市松の袴着の時だから、五つだ。子の成長を祝う儀式だ。

男児が初めて袴を着け、碁盤の上に吉方を向かせて立ち、飛び降りるのだが、微禄の家では子の袴など新調できるはずもないので、徳右衛門の祖父、市松の高祖父が着けた袴を納戸の奥から引っ張り出した。

しかし、碁盤がない。そこで徳右衛門が上司である組頭から拝借してきたのだが、市松は碁盤の上に足を載せることを頑なに拒んだ。そのとき、市松が丈一郎を見た。何かを訴え掛けるような真っ直ぐな眼をしていた。

業を煮やした徳右衛門が「何を臆している」と市松を抱え上げ、碁盤に載せた。市松は慌てて飛び降り、わっと泣き出した。

その後、祝いの膳を前にしても箸を取らず、駄々っ子のように畳の上で転げ回って泣き喚いていた。

「せっかくお前のためになけなしの銭を掻き集め、仕出しを頼んだのだ。この親不孝者」と、徳右衛門は市松を詰ると、己の前に膳を引き寄せた。いや、親は私であろう、と丈一郎は心の内で思いつつ、声を荒らげた。

「何をなさるのです父上」

「食わぬなら勿体なかろう。代わりに食うてやるのだ」

「それは袴着を終えた市松の祝い膳ですぞ」

「わはは、碁盤の上にも立てぬ気弱な男児が袴着を終えたなど、片腹痛いわ。そんな者に尾頭付きの鯛など贅沢の極み。目刺しでも食わせてやれば良い」

「市松は、お義父さまにとって孫であり、いずれは礫家を継ぐ者なのですよ。その市松の祝い膳を掠め取るなど、お義父さまの食い意地が浅ましゅうございます」

しまった、みどりが参戦してきた、と丈一郎は慌てたがすでに遅し。徳右衛門のこめかみがぴくりと動いた。

「よ、嫁の分際で、義父に意見する気か！」

「意見などという高尚なものではございませぬ。ただの――」

みどりが言葉を切って、薄笑いした。皆がごくりと生唾を飲み込む。

「ただの、悪口でございます」

「な、なんだと」

徳右衛門の顔が赤黒くなった。

丈一郎も広江も登代乃もただ呆気にとられた。

「ええ、悪口でございますが、それが？」

みどりはさらに追い討ちをかけるようにいい放つ。徳右衛門はぶるぶる震え、丈一郎へ鋭い眼を向けた。

「丈一郎。お前がつつじばかりにかまけておるから、子は情けなく、嫁は増長するのだ」

「なんですと！」

互いに鼻息荒く立ち上がった。徳右衛門が丈一郎の襟に手を伸ばしてきたが、丈一郎は難なく払い除けた。

「ふん。お前のへなちょこ柔術で、父を投げ飛ばしてみろ」

「身体が痛み、夜具から起き上がれなくなりますぞ」

「やれるものならやってみろっ」

あらあら、また始まったわねぇ、と登代乃が呟くと、広江とともに祝い膳を座敷の隅に素早く移した。

事を起こしたみどりは、市松を抱き、祖母と母の傍にちゃっかり座っている。父と祖父の剣幕に驚いた市松はすでに涙は引っ込んで、登代乃がほぐした鯛の身をうまそうに食べていた。

丈一郎と徳右衛門は睨み合っていたが、突然、腹の虫がふたり同時に鳴き、

「さっさとお食べなさい。滅多にないごちそうなんだから。次は、市松の元服が早いか、わたくしの弔いが早いか」

あら、わたくしは口にできないわね、困ったわねぇ、と登代乃が、ほほほと笑い声を上げ、その場はうやむやになった。

その日の夜だった。丈一郎とみどりの間で眠っていたはずの市松が突然、

「偉い人から借りた碁盤に足を載せたら、お祖父さまが叱られると思った」

そういった。

丈一郎もみどりも胸が熱くなり、両側から市松を抱きしめた。

市松は、そういう気遣いができる子だ。ただ、面白いから、楽しいからといって人に

悪戯を仕掛け、傷つけるようなことはしない。それも親の欲目だろうか。家族に見せる顔と外の顔は誰しも違う。それは大人だろうと子どもだろうと変わりない。いや、父の徳右衛門はどこにいても頑固で怒りっぽい。家族にも他人にも表裏がないといえば聞こえはいいが、それはそれで困る人間もいる。

ともあれ市松には市松を取り巻く世界ができかかっている。その中で揉まれて、心身共に成長するのだ。家の躾はその礎とならなければならない。そして、親は、その子が守られていると安心し、疲れ、傷ついたとき、心身が安らげる存在でなければならない、と丈一郎は強くそう思った。

六

翌朝、市松の姿がない、とみどりが居間に飛び込んできた。夜具はとうに冷たくなっており、陽が昇る前に屋敷を出て行ったようだと広江に青い顔でいった。

「家出。まさか。世をはかなんでということはありませぬよね」

広江もあたふたし始める。ともかく隣近所には訊かねばなるまい。屋敷に出入りしている棒手振りでも、朝が早い者なら見かけているかもしれないと、みどりが身を翻す。

そこに、ずいと出てきたのは徳右衛門だ。

「風邪気味の奴が家出などするか。どうも怪しいと睨んでいたが、なにがあった」

丈一郎は頭を抱えたが、こうなっては話をするしかない。事の次第を述べる内、徳右衛門の顔色が変わってきた。

「その多部とかいう御先手弓組はどこにおる。火付盗賊改だか知らんが、腕に覚えがあるならさっさと御鉄砲矢場に来いと伝えてやれ。市松の潔白はわしが証してやるわ！」

やはり、こうなった。丈一郎は徳右衛門の前で居住まいを正し、いい放った。丈一郎は昨夜はまんじりともせず、考えていたのだ。

「これは親の責もありましょうが、子の世界で起きたこと。我らが出しゃばってはなりません。しかし、救いを求めてきたならば、助けてやるつもりです」

「なにを悠長な」

徳右衛門は頭に血を上らせた。

「市松は恥を知っております。自分がなにを仕出かしたかも承知しております。まずは己で考えることをさせねば。礫家の子です」

むう、と唸った徳右衛門は、わざと丈一郎の肩を押しのけ、歩いて行った。

「今日は城の警護だ！　行ってくるぞ」

「行ってらっしゃいませ」

丈一郎は深々と頭（こうべ）を垂れた。

　実は市松の行き先は知れていた。麻布だ。そこには蛙を祀った社がある。あたりが火事に見舞われた時、その神社のガマ池に住む蛙たちが水をかけ、さる大名家を延焼から防いだといわれている。そのため、火事や火傷から身を守る札が売られていた。火事が多い江戸では大人気で、いつも長蛇の列らしい。

　丈一郎はつつじに寒肥をくれるため、夜明け前から起きて、作業をしていたが、そこに市松が現れたのだ。蛙のお守りのある神社を知っているか、と問われ、知っていたところを教えた。すぐに市松は身を翻した。

「待て、市松」

　呼び止めると市松が足を止め、振り返った。

「なにも話さずともよい。だが、お前がしたことは詫びるべきだと、みどりにいわれた。それはその通りだ。その理由を訊くのはあとでいいともいわれた。それもその通りだ」

　男は見栄と意地だけで、みっともないな、と丈一郎は笑ってみせた。

「さあ、行って来い。麻布は遠いぞ」

　市松の背をポンと押した。

「ああ、そうだ。餅搗きをせぬかと多部どのを誘うつもりだ。餅搗き勝負なら、誰も傷つかぬ。互いの強張った心が餅のように柔らかくなるとよいな」

丈一郎がいうと、市松ははにかんだ笑みを見せて、再び駆け出して行った。

五日後、餅搗きに、新之丞も姿を見せた。足にさらしを巻き、杖をついていた。その痛々しい様子に、市松は視線を逸らした。

糯米が蒸し上がると、壮絶な餅搗き合戦になった。多部家と礫家、そして増沢家の三(み)つ巴(どもえ)だ。源五郎は、卑怯な市松を罵り、徳右衛門を杵で叩くのではないかというくらい殺気立ち、徳右衛門は徳右衛門で、新之丞のひ弱さを詰った。信介は二人の間で、脂汗を流しながら、餅を捏(こ)ねる。経緯(いきさつ)を先に話しておかねば信介まで、この悪態合戦に加わっていたかもしれない。

市松と新之丞は離れたままひと言も言葉を交わさなかった。けれど、餅が搗き上がり、皆で茹(ゆ)で上がった小豆(あずき)と搗きたての餅を食していた時、市松が新之丞にふと近寄って袂(たもと)に何かを差し入れた。

新之丞は不思議そうな顔をして袂を探った。そして、市松を複雑な表情で見た。

「こんなことぐらいで、許しませんからな」

鏡餅と伸し餅をいそいそと風呂敷に包みながら、多部は喚いていた。

「あらまあ、茹でた蛸(たこ)のよう」

登代乃にいわれ、さらに怒り心頭で新之丞の腕を引いた。新之丞が市松を眼で追った。

その顔には市松への怒りも怯えもなかった。

除夜の鐘が、新しい年の訪れを厳かに告げる。

大晦日には、味噌屋、醬油屋、酒屋といった商家の奉公人が掛取りにやって来たが、

「ない袖は振れぬ」

と、堂々といい放つ徳右衛門に気圧され、奉公人たちはほうほうの体で立ち去り、今年も無事に明けたと、広江が嬉しそうにしていた。

「こういう時、徳右衛門は役に立つからね」

と、祖母の登代乃も満足そうに頷く。

丑三ツ刻（午前二時頃）にもかかわらず、表では人の声がする。初日を拝みに行く者たちだ。

遠くは海沿いの洲崎、高輪、芝浦。高台の愛宕山、神田、湯島と出向く。誰もが今年の幸を祈りに行くのだ。

丈一郎たちの寝間に、裃をつけ、大小を差した徳右衛門が姿を見せた。

徳右衛門は初日でもなく、恵方詣りでもなく、年が改まると必ず詣でる神社がある。

「市松を起こし支度をさせよ」

丈一郎は面食らった。市松は除夜の鐘を聞き終える前に眠ってしまった。新之丞との

一件はまだ解決には至らぬまでも、市松なりに、安堵したのだろう。

「外は寒うございますし、陽が昇ってからでも」と、丈一郎は応えた。

「軟弱なことをいうな。市松は百人組鉄砲方の礫家の子ぞ。眠かろうと寒かろうと戦時であればつべこべいえぬ」

今は泰平の世。戦のいの字もありはしない。だが、徳右衛門は違う。鉄砲組というお役は、常在戦場の気持ちであらねばならぬと思っている口だ。

逆らっても詮方ない。丈一郎はわざとらしく嘆息してみせてから、横で眠るみどりを揺り起こす。

支度をしている間も市松はこくりこくりと船を漕いでいた。袴を着け、脇差を差し、玄関へ行くと、焦れた徳右衛門がいた。

「どこへ行かれるのですか、お祖父さま」

市松が眠たげな眼をこすりながら訊ねた。

「ついて来れば、わかる」

徳右衛門は、提灯に火を入れ、屋敷を出る。市松は慌てて、祖父の後を追って行った。

丈一郎とみどりは不安な面持ちでふたりの背を見送った。

「初日ですか、お祖父さま」

「お前は、祖父が毎年していることを、親から聞かされておらんのか。まあ、丈一郎はわしのいうことは聞かぬからなぁ。せめてお前だけは祖父の気持ちをわかってほしいものだ」

真夜中の道は、いつも見ている道とはまるで違って市松の眼に映った。足下はおぼつかず、ただの木々であるのに自分に襲いかかってくる黒い魔物のようにも見えた。徳右衛門の手先に揺れる提灯の火だけが頼り。

初日を拝みに行く人たちとすれ違うだけで、恐怖が多少薄らぐ。

「よし、もうすぐだ」

多くの人の気配がした。やがて、石灯籠（いしどうろう）の灯（あか）りが見え、市松はようやく徳右衛門が向かう先がどこであるかを悟った。

「皆中稲荷（かいちゅういなり）神社」

市松が呟くと、徳右衛門が顔を向けた。暗くて見えなかったが、市松には祖父が笑ったように思えた。

皆中稲荷神社の創建は古く、天文（てんぶん）二（一五三三）年まで遡ることができる。徳川家が江戸に移る以前だ。この大久保あたりの鎮守として建てられた。

大勢の人々が神社に吸い込まれて行く。もうよかろう、と徳右衛門は鳥居の前で提灯の火を吹き消した。

「お武家の坊っちゃん、甘酒はいかがかね」

頰被りをした甘酒売りが声を掛けてきた。真鍮の釜から湯気が立ち上る。

「詣でてからもらおう」

徳右衛門はそう応え、市松の背を押して鳥居を潜る。

市松は人で溢れる境内の賑やかさに眼を瞠った。奥ではお焚き上げの炎が赤々と燃えている。笑いさんざめく境内にいるのは、ほとんどが武家だった。皆、新たな年の訪れに顔をほころばせ、挨拶を交わしていた。

社は決して大きくはないが、ここは鉄砲組や弓組にとって霊験あらたかな神社として知られている。昔々、ある鉄砲組の者がこの神社に上達を願って祈願したところ、夢枕に稲荷神が立ち、射撃を行うと百発百中だったという。

その話が伝わって、信仰を集めるようになったのだ。なにしろ皆中という神社名が、鉄砲や弓を扱う役の者の気持ちをそそった。

皆中、つまり皆、中る、というわけだ。

「ここは、射撃はもちろん弓、刀に至るまで武芸を極めたいと思う者たちに利益を与えてくれる。一心に願うことだ」

徳右衛門は列に並びながらいった。同じ鉄砲組の者と挨拶を交わし、市松を褒める者がいると、「孫の成長だけが楽しみで」と目尻を下げる。

「よいか、市松。稲荷神はお前のつまらぬ思いなどすぐに見抜くぞ。お前の父は、幼き頃、射撃の腕でなくつつじの生育を祈りおった。おかげであやつの育てたつつじの鉢は大当たりしておるが、射撃は平凡だ」

そういった祖父の横顔が市松には寂しげに見えた。

「わしは昨年あった様々な出来事を稲荷に告げる。喜びも過ちもすべてだ。その上で礫家が今年も安らかに過ごせるよう祈願する」

市松は、それを聞きながら唇を引き結んだ。

ふたりの順番がやって来た。市松は柏手を打ち、静かに祈った。そして、手を合わせたまま呟いた。

「わたしは、怖かったのです。ある塾生たちから、新之丞に悪ふざけを仕掛けなければ、わたしも酷い目に遭わせるといわれたのです。弱いのは新之丞ではなくわたしのほうです。わたしが強くあらねばならなかったのに」

徳右衛門が、はっとして市松を見た。市松は手を合わせ、眼を閉じている。

「わたしが仕掛けなければ、新之丞がわたしと同じ立場になっていたでしょう。でも新之丞は優しいからわたしに悪ふざけなぞできない。そうなれば、あの者たちに、新之丞が酷い目に遭わされる。それを避けたかったのです」

徳右衛門は、市松の告白に胸がかきむしられた。市松は考えなしでも、魔が差した訳でもなかった。やはり、友を守るためであったと、知った。では、ふたりを追い込んだ奴らはどこにいるのか。徳右衛門の中に、ふつふつと怒りが込み上げる。

「おいおい、どうした。どれだけ願い事が多いんだ」

後方から野次る声が飛んで来た。徳右衛門が振り返り、

「だまらっしゃい！　新年早々、騒ぐでないわ。稲荷は衆生の言葉すべてを聞いてくださる。うちの孫が懸命に祈っているのを邪魔するな。お主は、よほど武芸が下手くそで焦っておるのか」

と、怒鳴った。そうだそうだ、と口々に徳右衛門の皮肉を擁護する声が珍しく上がる。皆、寒さ避けに酒を含んでいたせいでもあったろう。周囲が笑いに満ち、文句をいった者は黙ってしまった。

市松はそんな騒ぎも耳に入らず、祈り続けていた。

「お稲荷さま。どうかわたしに立ち向かう強さをください。仲良しを守ってあげられる強さをください」

すると、人を掻き分け市松の隣に立った者がいた。

「お稲荷さま、わたしは仲良しの思いを受け止めておりませんでした。心の矢があるならば、わたしの仲良しに届けてほしいのです」

隣で大声を出す者へ市松は首を回した。

「新之丞」

眼をまん丸くしている市松に、新之丞がにこりと笑みを浮かべて、口を開いた。

「守り札をありがとう。けどやっぱり市松らしいな。この守り札は火事や火傷に効くものだぞ。蛙が好きになるわけじゃない」

市松は首を横に振り、

「でも、蛙が守ってくれるんだぞ。お前の嫌いな蛙が災いから救ってくれるんだ」

懸命にいった。新之丞は市松を見ながら、

「それなら、その麻布の神社に連れて行ってくれないか」

それと——わたしが蛙に触れられるようになるまで付き合ってほしいんだ、と新之丞は意を決したようにいった。

市松は眼をしばたたく。

「こんなことは市松にしか頼めない。塾で一番初めに声を掛けてくれただろう。わたしは本当に嬉しかった」

新之丞が気恥ずかしげに顔を伏せる。

「任せておけ。雨蛙も蝦蟇もみんな好きにしてやるぞ」

市松は大きく頷き、柏手を再び打った。

徳右衛門は思わずふたりを抱きしめた。その途端に涙と洟(はな)が垂れたが、徳右衛門は放ったままにした。

社の前にそびえる木の陰で新之丞の父、源五郎も顔をぐしゃぐしゃにしていた。

天心堂の始業は二日からだ。

「行って参ります」

市松は元気に飛び出して行った。市松も新之丞も、自分たちを追い詰めた者たちの名はとうとういわなかった。

「おそらく、旗本の子弟か何かであろうな」

徳右衛門からすべてを聞かされた丈一郎は、肥料を撒きつついった。幼馴染の信介が、はあと息を吐いた。

「嫌になる。塾でも、身分、親の役職、住まう地だのでいざこざがあるらしいな。さもしい話だ」

「此度は、つくづく考えさせられた。子を信じすぎてもいかん。信じなくてもいかん。結句、親というものは子が安心して戻って来られる場所であればいいと思ったが」

丈一郎は口元を引き締めた。

「親の責任は、子を独り立ちさせることだ。そのために手を貸すことも必要だろうが、子の思いを尊重することもときには必要だと知った」

「しかし、市松はたくましいではないか」

「まあ、親父は得心していないがな。旗本の息子だろうがなんだろうが、一撃喰らわせなければ気が済まぬと鼻息荒くしている」

「厄介な御仁だな。子どもより始末が悪い」

信介が笑ったと同時に、御鉄砲矢場の方角から銃声が轟いた。その残響が蒼く澄んだ空を上って行った。

火薬の加役(かやく)

一

丈一郎は、隣家に住む幼馴染の信介とともに、井戸端で顔を洗っていた。

「さすがに上巳（じょうし）の節句も過ぎると、陽気もよくなるな。まさに春爛漫（らんまん）だ。つつじ畑をひと回りしただけで汗が滲んでくる」

信介が帯に挟んだ手拭いを抜き取り、濡れた顔を拭った。そして両袖を抜いて、半裸になると、

「おお、風が気持ち良いなぁ。すうっとするぞ。お前もやれ」

「そうだなぁ」

丈一郎は水に浸した手拭いを絞り上げて、首元を拭い、襟元を広げた。

ふたりとも半裸で石の上に座って、涼んでいた。

「な、気持ちいいだろう。汗が引いていくぞ」

「うむ、陽射しも風もちょうどよいな」

丈一郎と信介は、そよそよそよぐ風とぽかぽかした陽に当たりつつ、口を半開きにして眼を閉じた。

「おふたりで、なにをなさっているのですか」

ふたりがはっとして振り返ると、丈一郎の妻のみどりが眼を丸くして、立っていた。

「おお、みどりどの。汗みずくで気持ちが悪かったのでな。乾かしておったのだ」

「並んで亀の甲羅干しですか？」

「おお、上手いことをいうなぁ、みどりどのは」

信介が、わははと笑う。丈一郎は袖を戻して襟をしごいて整えると、

「なんだ？　なにか用か」

みどりに問うた。

「ええ、組頭の山科（やましな）さまよりお使いが参りましたのでお伝えに」

丈一郎は、眼をしばたたく。本日は非番のはずだ。だから同心の信介もつつじ畑に出ていたのだ。

「父上はどうした？　ああ、本日は俳諧の会だったたな」

父の徳右衛門は、『薫風会』に名を連ねている。少々短気で頑固な父の徳右衛門が俳諧を嗜（たしな）むのが意外だが、なにより一色と気が合うとうそぶくのはさすがだった。

みどりが丈一郎と信介をきりりと見据えて口を開いた。

「いいえ、お前さまと増沢さまに、すぐ屋敷に参るようにとの仰せでございました」

丈一郎と信介は顔を見合わせた。

「同心のおれはまだしも、部屋住みのお前にも来いというのはなんだろうな」

信介が首を傾げる。

「みどり、お使いは他にはなにもいうておらんのか」

丈一郎も不可思議な表情で訊ねた。

「それ以外はなにも」

と、応えたみどりがふたりに疑わしそうな視線を向けた。

「そういえば、お正月明けにおふたりでどこかにお出かけになりませんでしたか？　内藤新宿でございましたっけ？」

むむっと丈一郎が顎を引く。

「違うぞ。千駄ヶ谷の鳩森八幡宮だ。あの神社は花木が多く、つつじも植えられている。その見物でもあるが、なんといっても、あの八幡宮は、信介の産土神だよな？」

「おう、そうだ。みどりどの。私の母は千駄ヶ谷の生まれだ。私は母の実家で生まれたので年明けには八幡宮に詣でる。毎年のことではないか、お忘れか？　みどりどの」

信介はぺらぺらと話す。どこも間違っていない。その通りではある。しかし――。

みどりは得心したように頷いた。

「そうでございましたね。物忘れかしら。失礼いたしました」

丈一郎は重々しく頷いた。

「さあさ、おふたりとも早くお召替えを」

みどりに急かされ、丈一郎と信介は井戸端を離れた。が、「その帰りに内藤新宿の『はなぶさ』のお料理に舌鼓を打ちましたのでしょう？　それも毎年のことでしたね」

と、背後からみどりが声を掛けてきた。

「おお、もちろん。あそこは料理も美味いが女もいい」

うっかり信介が口をすべらせた。

丈一郎は頭を抱えた。恐る恐る振り返ると、みどりが勝ち誇った表情をした。

「じゃあ、うちの門前で待っておる。後でな」

信介はそそくさと逃げて行った。

部屋住みの丈一郎は組頭の山科には会ったことがない。父の徳右衛門からは、まだ四十前でつるんとしたむき玉子に目鼻を付けたような、一見すると冴えない顔をしていると聞いていた。が、射撃の技術は相当なもので、角場と呼ばれる射撃練習場では百発百中の腕前を誇るという。「まあ、それでもわしのほうが上だ」と、徳右衛門は豪語しているが、その違いというのは、年の功だというから、いささか負け惜しみくさくはある。

山科はつつじに興味がないとも聞いていた。代々組頭を務める山科家は二代前になんと植木屋の娘を嫁に迎えている。つまり、親戚が植木屋なので、そこの使用人たちがほとんど畑の世話をしているのだ。玄人が育てるので、つつじの花も様子がいい。鉢も売れる。

それで、山科家は銭を稼いで、使用人たちにも賃金を払っている。なんともうまいやり方だと感心するが、組頭の屋敷は土地も同心よりも広いため致し方ないともいえる。家族や中間ひとりでつつじの栽培を行うのは骨が折れる。先々代が植木屋の娘と一緒になったのは、苦肉の策であったのかもしれない。

ともあれ、山科自身はほとんど畑には出たことがないという。

屋敷に戻ると、みどりが丈一郎の着替えを手伝いながらため息交じりにいった。

「礫家のお正月がどうであったかおわかりでございましょう？　昨年は丈一郎さまのつつじの鉢が売れましたが、お餅好きの義父上がほとんど糯米をお買いになって。おかげでお餅はふんだんにございましたがお節までには至らず」

みどりは再び息を吐く。

「重箱にいつものお菜を詰めただけでございました」

ううむ、と丈一郎は唸った。正月の重箱を思い起こしていた。椎茸とごぼうの煮物に昆布巻き、黒豆、栗きんとん——。

「いやいや、十分だったではないか。けれどあれには感心した。厚めに焼いた玉子焼きを数の子のような形に切る、沢庵をかまぼこに見立てる。トコブシは貝殻だけ使い、中身は甘辛の鰯のつみれを詰め込み、人参に麻の実をつけて海老もどきだ。見事見事」

丈一郎は心の底から褒めたつもりだったが、みどりは、むっとした顔をした。

「わたくしは、数の子、かまぼこ、トコブシ、海老、すべて本物を口にしとうございました」

と、帯をぎゅうっと結んだ。

「おい、く、苦しいぞ。もそっと緩めてくれ」

丈一郎が叫ぶと、

「あら、うっかり力がこもってしまいました」

みどりは悪びれることなくいった。

「ですが、増沢さまは当然ながら、なにゆえお前さままで組頭さまはお呼びになったのでしょうね」

「わからぬ」

丈一郎が袴を着けると、みどりが背後から羽織を肩にかけてきた。

「ですから、はなぶさで何か粗相をなさったとか？　それが組頭さまのお耳に入って」

「粗相なぞあるはずがない」

信介ではあるまいし。はなぶさの酌婦を口説いていたが、こっぴどく振られていた。それは粗相ではなく、ただの不首尾だ。

丈一郎は羽織の袖に腕を通し、紐を結んだ。

二

鉄砲百人組の組頭、山科銑十郎の屋敷は同心屋敷からさほど離れていない。南へ四半刻（約三十分）もかからない距離だ。

信介とともに山科の屋敷を訪れると、出てきた妻女にすぐさま客間へと通された。出された茶がすっかり冷えた頃、山科が姿を現した。徳右衛門のいうとおり、むき玉子のような顔だった。色白なのは、やはり畑に出ていないせいだろうかなどと、丈一郎は埒もないことを考えた。

「急に呼び立ててすまぬな」

少々高めの声でそういって腰を下ろした。ちらと丈一郎に視線を向け、わずかに笑みを浮かべた。

「そこもとが礫徳右衛門どのの嫡男か」

「は。お初にお目にかかります。丈一郎にございます。父、徳右衛門がお世話になっておりまする」

　丈一郎は慇懃に頭を垂れた。

　うんうん、と山科は首肯すると、

「徳右衛門どのも壮健でなにより。若い同心らは、私より徳右衛門どのの叱咤ならば黙ってきく。組頭として少々情けなくもあるが」

　と、からから笑った。

「ま、まことにご無礼をいたしております」

　丈一郎の背に汗が滲む。

「いやいや、皮肉ではないのだ。この泰平の世では鉄砲など、とんと使わぬからなぁ。同心らが怠けるのも致し方ない」

「はい。我らが暇であればこその泰平でございますゆえ」

　丈一郎は少々遠慮がちにいった。

「そうなのだ。しかし暇であるから遊んでいていいということではない。どうも今時の若い同心らはそれを履き違えている。常在戦場とはいわぬまでも、己が就いているお役目がなんであるのか今ひとたび考えてほしいものだ。それにな、禄が少ない分、暮らしを補うためにつつじ栽培を行うのも結構だが、お役目中も交雑がどうの、虫がついて困るのなどとつつじの話ばかりしておる。花の時季にはそれこそ、ただの商売人に成り果てる。我らは植木屋ではないのだからな」

「申し訳もございません」

　思わず丈一郎は頭を下げた。

　ああ、と山科が慌てた。

「いや、お主はまだ部屋住みゆえ、つつじ栽培しかやることがなかろうて。ただ、お前も家督を継いだなら、それ相応の働きが求められる。角場には行っているのか」

　丈一郎は、はっと再び頭を垂れた。

「修練は欠かさずいたしております」

「ほう。して、どのくらいの腕前だな？」

　山科は柔和な顔貌とは違って、射撃の腕前は相当のものだと父から聞いた。

「未だ父には敵いませんが」

　丈一郎の返答に、山科はくくっと含み笑いを洩らす。

「まあ、よいか。徳右衛門の腕は私も承知している。ただな、我らにとってつつじ栽培は単なる飯の種にすぎん。役目を疎かにして、つつじつつじと騒いでいる者が多くなったがゆえにいったまでのこと」

　丈一郎の中でかちりと銃の火ぶたが切られたような気がした。

「たかが、内職で一喜一憂することもなかろうて。我らはお上より禄をいただいているのだからな。かつて、飯島武右衛門という者がおったが、あやつのように、植木屋まがいが同心をやっているのでは困るからな」

山科が声を上げて笑った。

隣に座る信介がわずかに身を震わせた。飯島武右衛門からつつじ栽培を教わった丈一郎に皮肉を浴びせたのかと思ったのだろう。丈一郎は信介へ向けて、小さく首を横に振る。

そして、丈一郎は背筋を伸ばし、お言葉ですが、私の見解は別のところにあります、と山科を見つめた。

「組頭さま。確かにお役目中につつじの話ばかりではよくないと思われます。おっしゃる通り、つつじ栽培は我らにとっては飯の種。時季には商売人にもなりましょう。むろん栽培のみにかまけて射撃の修練を怠っては本末転倒。ですが、つつじ栽培は我ら鉄砲同心には天の啓示、あるいは託された使命であると思っております」

丈一郎の言葉に一瞬、山科がぽかんと口を開けた。が、すぐに顔を引き締めた。

「なにをいうか。我らの使命は、城を守り、上さまをお守りし、この江戸を守ることだ。つつじ栽培が我らへの天の啓示、託された使命だと？　それはまた大きく出たが、なにゆえお前はそう思う」

丈一郎を軽くいなすように苦笑を浮かべて、山科がいったが、こめかみの辺りがぴくぴくしている。それをみとめた信介が心配そうな顔をして丈一郎を肘で小突いた。が、一度開いた丈一郎の口は止まらなかった。

「城を守り、上さまをお守りし、この江戸を守るのが鉄砲同心の使命であることに私はなんの疑問も抱いておりません。けれど、我らが手塩にかけて育てた彩り豊かな花は、人々の眼を楽しませ、心を安くする。おかげで、この大久保は花の時季には多くの人が押し寄せる名所ともなっております。上さまが我らにこの地を与え、つつじ栽培へみちびかれたことは、決して無駄ではなかったはず。有徳院さまが飛鳥山に桜を植え、行楽の地になさったのも、大久保の広大な地をつつじで豊かに彩ることとなんら変わりがございません。我らは、鉄砲だけでなくつつじによって、上さまのおわすこの江戸を、政を守っていると思います。それは誉れに感じてよいのではありませぬか」

山科の表情が苦々しいものに変わる。

それに、と丈一郎は言葉を継ぐ。

「そもそも我らは射撃のために何を用いておりますか？」

「なんだ。藪から棒に。それを私に問うのか？　むろん、銃と弾と火薬であろうが。お主、なにがいいたいのだ？」

さすがに山科が声を荒らげた。しかし丈一郎は意にも介さず、にこりと笑みを浮かべる。むむ、と山科が眉をひそめた。

「では弾を撃ち出すための火薬はなにを混ぜて作るのでしょう」

山科のむき玉子のような顔に血が上る。色白のために徐々に赤みが差すのが見て取れた。

「おい、丈一郎。失礼だぞ。もうよせよ」

たまらず信介が丈一郎をたしなめた。

「組頭さま。こいつは三十も過ぎて未だに家督を譲られていない部屋住み者でございますが、つつじ栽培にかけては百人組中でも一番の腕。先に組頭さまがお名前をあげた飯島武右衛門さまの弟子でありますゆえ」

むっと山科が顎を引いた。

「師匠の飯島を腐されて意地を張っておるのか。つまらぬ」

顔はすでに銃の暴発寸前のような色をなしていたが、懸命に山科は堪えている。

「いやあ、師弟の間柄などとはおこがましい。私はただご教示をいただいただけのことでございます」

と、丈一郎はけろりとして応え、さらに話を続けた。

「硝石、硫黄(いおう)、木炭。この三つを混ぜ合わせたものが黒色火薬、つまり焔硝(えんしょう)となります。銃で鉛玉を撃ち出すための元になるものです。しかしながら、この三つの火薬の材料は、草木の肥料にもなりまする」

なんと、と山科が眼を丸くする。組頭の山科はつつじの手入れを自ら行わないためまったく知らないのだろう。

この三つのうち硫黄、硝石は土壌を変化させる働きもあり、草木を病や虫から守ることができる。特に冬の厳しい時季に施す寒肥は骨粉や鶏糞（けいふん）、硝石や硫黄を撒くことで、土壌を変化させ、栄養を土中に蓄える。木炭は、多孔で吸水性があることで栄養が集まり、冬の間は眠っている草木が春の目覚めとともに、これらの栄養を根から吸い上げる。

丈一郎は息をつくことなく話した。

「硫黄が少ないと葉の色にも影響が出ることは私の経験上、わかったことですが。つまり、つつじを生育し、美しい花を咲かせるための肥料となる材料が我ら鉄砲百人組には揃っているということです。それゆえに、天の啓示、我らに託された使命であると申し上げたのです。これが別のお役目であったら、肥料を買い求めねばなりませんが、幸い我らの元にはその三つが常に揃っております」

さらに、与えられた鉄砲百人組の大縄地（おおなわち）は万が一の際、敵の侵入を防ぐため、短冊状に屋敷地を作ったといわれている。身を隠しつつ、一斉に銃を放てるからだ。それも幸いしている。屋敷ごとに点在するつつじ畑ではなく、各々の屋敷の裏庭すべてにつつじを植えることで、壮観な眺めを作った。

それが大久保百人町のつつじ畑として江戸の名所にもなったのだ。

「銃は人を殺す道具です。けれど、それによって人々を守る道具にもなります。敵を蹴散らし、安心させられます。しかし、火薬の材料を美しいものに変えることができ、花を見ることで人々が安寧を得ることができるならば、そうした利用の仕方の方が私は良いと思っています。この大久保が硝煙臭い地ではなく、花に溢れた地であることが望みでもあります」

おいおい、と信介が丈一郎を再び肘で小突いた。が、丈一郎は日頃からの思いを口にすることができ、清々しい気分がしていた。

「火薬というのは、様々に利用できるということです。人を殺傷する道具にも利用できれば、人を喜ばすものにも利用できる。我らにはかかわりありませんが、花火の材料にもなっているではありませんか」

むう、と腕を組んだ山科が沈思する。丈一郎はその姿を見つつ、やり過ぎたか、とも思ったが、ややあって腕組みを解いた山科が破顔した。

「父の徳右衛門も、お主に呆れていたが、そうはっきりいわれると、いい返したところで無駄であろうな。面白い、面白い。私は、つつじ栽培にはかかわらん。だが、次の花の時季にはゆるりと眺めてみることにしよう。しかし、我ら鉄砲百人組は上さまをお守りする兵であること、忘れてはならぬぞ」

「承知いたしております」

信介が頭を下げた。

それを徳右衛門は若い者によく言い聞かせていると、山科はいった。けれど口調には、徳右衛門に対する非難めいたものは感じられなかった。ようするに、そっくり丈一郎に向けて放たれている言葉であるのだろう。

丈一郎はちらと信介を見る。信介が唇をへの字に曲げた。なるほど。若い同心には、いつも口うるさい年寄りと煙たがられているようではあるが、山科にはそうではないらしい。孤軍奮闘ぶりが窺えもするが、徳右衛門がお役を離れずにいるのは、若い同心たちに鉄砲百人組としての自負を取り戻させてやりたいという思いがあるのかもしれなかった。

とすればお役を退くのも、丈一郎に家督を譲るのもまだまだ先であろう。

それもよいか、と丈一郎は思った。つつじの交雑もゆっくりと出来る。大久保の地が美しくあるのはよい。頑固親父が壮健なのも泰平であればこそだ。

三

どこからか、ウグイスの鳴き声が聞こえる。江戸の春告鳥だ。

山科が茶を啜(すす)り、では、と背を伸ばした。

「丈一郎のいうことはよくわかった。むろん、私とて人に向けて銃を放ちたいとは思っておらぬ。撃ったこともない。泰平であるなら、それが最もよい。お主と父の徳右衛門とは相容れぬところもあるようではあるが、それはそれでいい。徳右衛門が思うのは個々の心根であり、鉄砲同心としての心得を持てということだと思っている。それは組頭の私も同じ思いを抱いているということだ」

「差し出がましいことを申し上げました」

丈一郎は素直に詫びた。

「そうだぞ。お前は一体何をしに来たんだ。お前のつつじ談議を聞きにきたわけではないのだぞ。組頭さま、あとで私から、きつく言い聞かせておきます」

信介が再び頭を下げながら、

「しかし、丈一郎はまことに熱心につつじの栽培をしております。それは友の私の目から見ても呆れ返るほどでございますが、その熱心さが、家督を継いだ暁には立派にお役目を果たすもとになると思っております。どうか、ご無礼をお許しください」

丈一郎を庇うようにいった。

山科が頬を緩め、ふたりに頷きかけるように笑った。

「やはり、幼馴染だというお前たちふたりになら大丈夫だ。じつはな、頼みたいことがあって呼んだのだ」

そういうと、三人の他は誰もいないのに、山科は声音を落とし、近う近うと手招いた。

丈一郎と信介は訝りながら顔を見合わせ、山科に近寄った。

「これは内密だ。ふたりとも、羽田村の御備場が閉じたのは知っておろう」

はい、とふたりは同時に答え、わずかながら緊張した。

御備場は、羽田御備場、あるいは羽田奉行所と呼ばれていた。異国船が頻繁に現れるのを憂慮した幕府が、海防強化のため荏原郡羽田村に砲台を設置するために台場を作り、その管理のために遠国奉行として奉行を任命し、与力同心が配置された。

しかし時の老中水野忠邦の失脚が影響したためか、昨年の天保十五（一八四四）年五月、羽田奉行所はわずか二年で廃止となった。

奉行所内の与力同心は鉄砲方に組み入れられ、引き続き監視、管理に当たった。が、あくまでも一時的なもので同年十月には、羽田村の代官に引き渡された。

「その羽田奉行所がいかがいたしました？」

信介が訊ねると、

「声が高いっ」

山科が叱責した。その声のほうが大きいと丈一郎はいいたかったが堪えた。

いいか、よく聞けと山科が顔を突き出した。

「羽田奉行所は御備場。広大な敷地に、出洲の台場、番所、そして焔硝蔵がある。今ここは代官の管理となっているが、焔硝を別の地に移すことになった」

そこで、と山科が言葉を切る。

丈一郎と信介はごくりと生唾を飲み込んだ。どのようなお役を任されるのか。

「その移送をお前たちに頼みたいのだ」

重々しい口調でいった。

な、なんと、と信介が眼をしばたたいた。

「さもありなん。驚くのも当然だ」

山科が信介の反応に満足げに頷いた。

いやいやいや、と信介が顔の前で左右に手を振った。

「どんな難しいことかと思ったら、焔硝を運ぶだけのことですか。何も声をひそめていうことでもありませんでしょう。山科さま」

信介が、事も無げにいい放つと、山科がむっと唇を歪めた。

「貴様、これがどれだけのお役かわかっておるのか？　焔硝だぞ、火薬だぞ。一歩間違えれば――」

「一歩間違えれば？」

丈一郎が身を乗り出した。

「どかーん、だ」

物騒なことをいっても、つるっとした玉子顔のせいかあまり緊迫感は伝わらない。

「なにを寝ぼけていらっしゃる。我らは鉄砲を扱う同心ですよ。火薬にどれだけの衝撃を加えれば爆発するか存じておりますよ。それとも痴れ者が火でも投げて来るんでしょうか？　そんなことはありませんでしょう」

信介が笑う。

「増沢。真面目に聞け。そのまさかだ」

「まさか、とは？」

丈一郎は山科を見据えて訊き返した。

うむ、と唸った山科は唇を引き結び、腕を組んだ。

「過日、羽田奉行所に投げ文があったのだ。焔硝蔵の火薬を爆破するとな」

なんと、と信介がのけぞった。

「むろん、何者かはわからん。そこで焔硝を極秘の内に千駄ヶ谷村と和泉村の焔硝蔵まで移すことになったのだ」

鉄砲百人組で、各組ふたりずつ移送役を出すらしい。

「悪いが、これからすぐに荏原の羽田奉行所まで向かってくれ」

「え？　これから荏原へ」

信介が尻を浮かせ、途端に面倒くさげな顔つきになった。

「組頭さま、羽田奉行所の与力同心は鉄砲方に組み入れたのではございませんか。その者らに運ばせればいい話でしょう。あるいは、焰硝蔵を管理している玉薬同心に運ばせてはいかがですか。なにゆえ、我ら百人組にそのような役目を押し付けるのか、わかりませんが」

「鉄砲玉薬奉行とも話し合った結果だ。それは、荏原に行けばわかる」

山科は、その理由をはっきりとは口にせず、曖昧にした。

「わかると申されましても」

信介は得心がいかないという顔で、それに、こいつはと丈一郎をちらと見て、部屋住みですよ、と付け加える。

「わかっておる。だが初老の徳右衛門には任せられない。だいたいこのような話をすれば、我先にと挙手をするのが目に見えている。よしんば徳右衛門に決めたとしても、今度は相方が見つからん」

さもありなん、と丈一郎は思った。頑固で口うるさい徳右衛門と道中を共にするのは骨が折れよう。どっちが先に爆発する火薬かわからない。

つまり内密というのは、我が父に内密にするということか。やはり山科も父の気持ちを慮っていても、扱いには気苦労があるのだ。

「組頭さま、このお役目は我が父には内密にせねばならないということですね」

丈一郎は念押しした。

ああ、その通りだと山科が認めた。

「増沢はいい加減だが度胸がある。こうした役目はうってつけだ。丈一郎の性質は、その逆で慎重だと聞いている。なおかつ、お前たちは幼馴染だ。であれば、滞ることなく移送ができるであろうと考えたのだ」

「ですが、組頭さま。これは余計なお役ではございませんかね。加役ですよ、加役」

信介はため息を吐く。余計な仕事は増やしたくないといわんばかりだ。

同心が上司に対して取る態度ではない、と丈一郎は呆れ返る。先ほどまでは平身低頭であったはずだが、山科がさほど機嫌を損ねていないのがわかったからだろう。いい加減だが度胸がある、というのは、たしかに信介にぴったりだ。

「受けてくれると思うていたが」

「ご命令でありますから、否やはございませんが。いっときだけでございますし」

信介が拗ねたような物言いをする。

山科が眉根を寄せ、仕方がないとばかりに口を開いた。

「これはあとで伝えてもよいと思っていたのだが——投げ文がただの悪ふざけであるのかもわからぬ。危険が及ぶかもしれぬゆえ、鉄砲玉薬奉行よりひとり二分の手当が出る」

信介がたちまち身を乗り出した。

「まことでございますか」

「う、うむ。本来なら玉薬同心の役目であるものを、百人組にも手伝ってもらうゆえ、そのくらいはさせてもらいたいと、あちらからのお申し出だ」

「それならそうと、早くいってくださいよ」

信介は膝をぽんと打った。山科が信介の不遜な態度に顔を歪める。

と、信介が、

「礫丈一郎、増沢信介我ら二名、謹んでこのお役目務めさせていただきます」

手をつき、丁寧に頭を垂れた。銭が出ると耳にした途端の、なんという変わり身の早さ。なんという図々(ずうずう)しさ。

丈一郎は我が幼馴染の要領の良さに舌を巻きつつ、こいつと友でいいのだろうかという不安にも駆られた。


「は？　これから荏原へ参るのですか？」

屋敷に戻るとみどりが頓狂な声を上げた。

丈一郎はざっと役目を話した。もちろん、投げ文があったことは伏せている。

「内密のお役目ゆえ、お前にもすべてを明かすことができぬ。特に、父上には内緒だ」

丈一郎は組頭の屋敷へ赴いたときとは別の着古した袴を用意させた。

「これは組頭さまの命だ。父上には知られてはならぬとの仰せだった」

丈一郎がそういうや、みどりは得心したようだった。

「要は、義父上に張り切られては困るお役目なのでしょうね」

「そういうことだ」

みどりの勘の良さに思わず丈一郎は笑ってしまった。

「ですが、荏原ですとお戻りは？」

山科の話では、今日中に荏原に着き、荷を積み、翌朝、千駄ヶ谷まで運ぶ手筈となっているらしい。

「明日になる。私も信介もつつじ栽培のときの出で立ちで行く」

「なにゆえ、そのような」

みどりが訝しみ、目元を険しくした。

「いや、仰々しく運ぶと何かと迷惑がかかるゆえな」

「あら、千駄ヶ谷の焔硝蔵と和泉村の焔硝蔵は常に玉薬同心が荷運びをしているとの話ではございませんか。大久保もそうでございましょう？」

う、うん、と丈一郎は口ごもる。

「まことのことをおっしゃってくださいませ。部屋住みのお前さまに焔硝を運ぶお役目など、これまで命じられたことがございませんでしょう？」

「それはだな、羽田奉行所が――」

　丈一郎が、いいかけたとき、

「今帰ったぞ。誰か。おおーい」

　徳右衛門の声がした。

「話は後だ。ともかく私はもう行かねばならない。いいか、信介と遊びに出かけたとでも誤魔化してくれ」

　丈一郎はすぐさま着替えを済ませ、まとめた野良着を風呂敷に包むと、廊下に出た。

「丈一郎、また一色さまより土産を頂戴した」

「おかえりなさいませ、お義父さま。それはようございましたね。さあ、お刀を」

　みどりは丈一郎に早く行けといわんばかりに目配せした。丈一郎は頷いて、裏口へと急いだ。

「なんだ、あやつは。挨拶もせんで。おい、こら丈一郎」

「お義父さま、お土産はなんでございましょう。お詠みになった俳諧をお褒めいただいたのでしょうか」

　機嫌よく微笑むみどりに面食らいながらも、徳右衛門は相好を崩した。

「出来は今ひとつだと思ったのだが、殊の外皆に受けがよくてな。本日はほれ」

と後ろ手に隠していた盤台を前に突き出した。

「鯛ではございませんか。ありがたいことですね。早速、夕餉は塩焼きにいたしましょう」

「半身は刺身にしてくれ。酒もつけてな」

「承知いたしました。お義母さま、お祖母さま、鯛でございますよ」

鯛、だと。口中に唾が溢れてくるのを悔しく思いながら、丈一郎はこそこそと屋敷を後にした。


信介とともに羽田奉行所についたのは、もう陽が暮れてからだった。引いては押し寄せる波の音を聞き、海鳥の飛翔を眺めつつ、奉行所に到着して驚いた。奉行所とは名ばかり。土地だけは広かったが、役所は安普請の小屋にも近いものだった。さすがに焔硝蔵だけは石造りで、鉄の扉には頑丈な錠前が取り付けられていた。

蔵の前にはすでに菰に包まれた荷が大八車に積まれている。

代官の手代である杉浦鉱次郎がふたりに慇懃に頭を下げた。

「これを明朝、千駄ヶ谷の焔硝蔵まで運んでいただきたいのですが」

丈一郎は首を傾げた。明日運ぶのならば、表に出しておくことはない。この方がよほど危険だ。それにもう一つ。他の者の姿がまったく見当たらない。

「つかぬことを伺うが、投げ文があったというのはまことの話でしょうか」

杉浦の顔は、篝火のせいか暗い陰がくっきりと浮かび上がった。

「私は、詳しいことは知りませぬが、処の者たちがここの普請に駆り出されております。その賃金を此度支払ったのですが、不足を訴える者が多く」

そうした者のうちの誰かが、投げ文をしたと代官は睨んでいるという。

「それならばなおさら、危険では？　それに他の者はいないのか？」

「いや、私にはとんとわかりませぬ」

杉浦は困惑げにいい、

「ともかくこちらでおくつろぎください」

と、先に立って歩き始めた。

番所に通されたが、やはり丈一郎と信介以外誰もいない。囲炉裏の前で暖を取りつつ、

「こいつは謀られたかな」

信介がいった。

「とすると、おれたちは、投げ文をしてきた奴らのための囮ではあるまいか。でなければ、これが火薬ですよとわかるように表にはおかぬ」

丈一郎は蔵前に置かれた大八車を思い返しながらいった。その疑いは十分にある。

「だとしたら積んだ荷とて焔硝かどうかはわからぬぞ。木炭だけだったりしてな。まあ、

いいさ。二分の手当が出るのだ」

信介がごろりと横になった。

「それにしても組頭相手によくぞいいたいことをいいおったな。呆れ返ったぞ」

いやいや、謀られただのなんだのいいつつ眠れる友の度胸に半ば呆れながらも、丈一郎も同じように寝転んだ。

どれくらい眠っていたのか、表から幾人もの騒がしい声がした。

気が張っているつもりだったが、いつの間にか寝入ってしまったのだ。

「焔硝が盗まれた！」

信介と丈一郎は飛び起きた。

四

丈一郎と信介は、番所から飛び出し、急ぎ焔硝蔵へと向かった。幾本もの松明が見え、蔵の前が昼間のように明るくなっていた。怒鳴り声や慌てふためく声で騒然としている。

「丈一郎、やはりおかしいぞ。おれたちがここに来たときには、杉浦という手代しかいなかった。だが、あれはどうだ」

丈一郎も同じことを思っていた。二十名はくだらなそうだ。あの者たちはこれまで一体どこにいたのか。

「おい、焔硝が盗まれたのはまことか」

　走りながら、信介が声を張り上げた。

一瞬ざわめきが途切れた。松明の炎が揺れたかと思うと、皆が丈一郎たちを見る。炎に照らされたその顔は、朱に染まり、赤鬼のごとく見えた。

丈一郎はごくりと唾を飲み込む。焔硝が盗まれた。これは、一大事だ。投げ文では焔硝蔵を爆破するということだったが、石造りの蔵は堅牢（けんろう）だ。こうして移送させることを見越して、焔硝を蔵から出させることが真の目的だったのではあるまいか。だとすれば、それをどこで用いるのか。ますます危険が広がる。

「ともかく手分けして、轍（わだち）を探せ。あまり辺りを踏みしだくなよ。慎重にしろ」

　廃止された羽田奉行所は現在、荏原の代官の管理下に置かれている。その手代である杉浦鉱次郎が焔硝蔵の前に立ち、てきぱきと下役らに指図をしていた。

「杉浦どの」

「おお、増沢さま、礫さま。やられました。おそらく投げ文をしてきた輩（やから）の仕業でありましょう」

　緊迫した状況でありながら、杉浦の声はいやに冷静だった。焦っているのは、右往左往している下役の者ばかりだ。

「手代さま、轍は南のほうへ続いております」

下役が大声で叫んでいた。

「それを追え。どこまで続いているのか確かめるのだ」

杉浦も大声で返すと、再び丈一郎と信介へ眼を向けた。

「お二人にはるばるお出でいただきながら、このような失態をお見せすることになろうとは、汗顔（かんがん）の至りでございます」

いや、と丈一郎が進みでる。

「そんなことはどうでもよろしい。焔硝が盗まれたのですよ。少々落ち着きすぎではござらぬか」

杉浦が丈一郎の言葉に色をなす。

「何をおっしゃる。私は十分混乱し、狼狽しております。ただ、悲しいかな、あまり顔にも態度にも出ない性質（たち）ゆえ」

おいおい、と信介が眉を吊り上げた。

「そうしたことを訊いておるのではない。盗まれたというのは、我らが運ぶはずだった焔硝なのだろう？」

「まあ、そういうことになりますな。蔵前に用意していたものでありますゆえ。いま、下役のものが轍を追っております。行き先もいずれ知れるでしょう」

では、と杉浦は轍があったという方角に急ぎ足で向かった。

丈一郎は信介を肘で小突いた。

「杉浦どののあの様子からして、投げ文をした者を捕らえるためにわざと盗まれるようにしていたのではないかと思うのだが」

杉浦の背を眼で追いながら、いった。それには信介も頷く。

「それに盗人(ぬすっと)がまんまと引っかかったということか。だいたい、ここに来たときから妙だと思ったのだ。これ見よがしに焔硝を積んだ大八車を表に置き、我らをここから離れた番所に押し込めた」

おそらく何処(どこ)かに隠れて見張りをしていたか。そう考えてから、突然、丈一郎の血の気がすうっと引いた。

「焔硝が盗まれた責は誰が負うのだ」

「そりゃあ、杉浦どのか、代官ではないのか」

信介が丈一郎を見て答える。

「いや、おれたちは自分が運ぶ焔硝だと知りながら、見張りにも立たず、呑気に眠っていたんだぞ」

「杉浦どのが番所へ案内したからだろう?　それにあやつがくつろげといったんだ。こっちはその通りにしただけじゃないか」

と、信介は初めこそ勢いのある物言いをしたが、少しばかり分が悪いと感じたのか、語尾に力がなくなった。

「これが父ならば、どうしていたと思う？」

丈一郎が問うと、信介が唸った。

父の徳右衛門であれば、夜通し大八車の傍で、厳しい面をして仁王立ちしていたに違いない。常在戦場――。やはり我らは泰平に慣らされているのか、と悔しさが込み上げる。

「お前だって、囮かもしれないといっていたじゃないか。でもそれは、おれたちが運ぶ焔硝が偽物で、別の者たちが本物を運ぶという意味の囮だったろう？」

その通りだ、焔硝ではなく中身は木炭かもしれん、と信介もいった。

「投げ文をして来た者を捕らえるために、あの大八車がそもそも囮だったのだろう。つまり我らは――」

丈一郎がいい終えぬうちに、ふざけた真似を、と信介が憤る。

山科のいった、荏原に行けばわかるというのはこのことか。我らは囮の囮に使われたのか。しかし、それでも百人組にこの加役をさせる理由にはならない。

「ともかく、おれたちもぼんやりしていてはまずい」

信介は焔硝蔵の前に立っていた下役からそいつを寄越せ、と松明を奪い取り、

「行くぞ、丈一郎」

と、身を翻して駆け出した。

五

轍は羽田村の手前で消えていた。というより、大八車が畑の中に打ち捨てられていたからだ。むろんのこと、焔硝であろう積み荷は跡形もなかった。

白々と夜が明け始めている。葦(あし)が生えている遠浅の海は輝き、遥(はる)か彼方(かなた)の水平線と空の境界が陽の光に混ざり合う。大久保の地では見ることのできない景色に、丈一郎はうっかり見とれていた。

「おそらく舟を使ったのだろう。賊は少なく見積もって三人。それ以上であることも十分考えられる」

信介の声に丈一郎は我に返って、首を縦に振る。六郷川(ろくごうがわ)の河口までいけば、その対岸は川崎(かわさき)だ。四半刻も漕げば、着いてしまう。

舟で運んだと思われ、追尾はせず、皆奉行所に戻った。

「あらためて訊く。誰も盗人を見ておらんのかな」

下役を集めた杉浦が訊ねた。すると、若い下役が遠慮がちに進み出て来た。

あばた面で小太りの若者は、もじもじしながら、

「夜食どきを狙われたのだと思います。皆、植え込みや役所の陰に隠れておりましたが寒くて一旦、暖を取りに小屋に入っていたので。申し訳ございません」

と、小声でいった。

「ということは、我らの動きを盗人はどこかで見ていたわけだな。しかし、夜に来るとはなぁ」

盗みは大抵夜であろう、と丈一郎は呆れた。やはり杉浦もどこか間が抜けている。

「差し出がましいようですが、これだけの頭数がありながら、盗人の姿を誰も見ていないというのは、どうにも腑に落ちません」

丈一郎が声を上げると、何者だとばかりに皆の眼が向けられた。少々気後れしたが、丈一郎はさらに言葉を継いだ。

「まことのことをお教えいただきたい。あの焔硝は偽物ではないのですか？」

むう、と杉浦が呻き、唇を引き結ぶ。下役の者たちも、まさか、偽物、とざわつき始める。

「お答えいただきたい。我ら鉄砲百人組は上さまをお守りするお役目。その我らを謀るのは上さまを謀るも同然」

丈一郎がいい放つと、横にいた信介が、

「そこまで大袈裟にいわんでも」

と、こそりと呟いた。しかし、このひと言が杉浦の胸底を見事に揺さぶったようで、苦悶の表情を見せた。

やはりそうか、と丈一郎は信介を見る。

杉浦は観念したように、肩を落とし、

「ともかく番所に参りましょう。今後のこともありますゆえ」

と、いった。

「後を頼む」

杉浦が中年の下役にいい、身を翻した。それを丈一郎と信介は小走りに追う。

「よいか、焔硝蔵前にふたり、それから他は引き続き、賊の痕跡が残されていないかどうか調べるのだ」

杉浦から命じられた下役の声が聞こえた。

番所に入るなり、がばっと平伏した杉浦が、

「お許しくださいませ。まことに失礼をいたしました。お察しの通り」

焔硝は偽物だといった。

「それは我ら以外、ここにいる全員が知っておったのか」

信介が厳しい声で問う。杉浦は、そうではござらん、知っていたのは、自分と代官の加藤のふたりだけだと応えた。

「まったく、どういうつもりだ。おれは解せぬ。これは、鉄砲百人組を虚仮にしたのか。我らをだしにして、なにをしたのか、はっきりとご返答くだされ」

杉浦は、戸惑いつつ話を始めた。

投げ文はたしかにあり、その賊を捕らえるために仕掛けたものだといった。それゆえに積み荷は焰硝ではなく、木炭にしたのだという。

「まんまとそれに引っかかった盗人も、それを見逃した見張りも間が抜けておるな」

信介が啞然としていった。

「まったくもって面目ない。こちらの奉行所に勤めておりました与力、同心は別のお役に就かれてしまい、下役の者は近隣の漁師の倅などを集めたものでございますゆえ」

なるほど、と丈一郎は得心する。統率も取れておらず、ただ慌てふためく様は、そのせいだったのだ。信介が首を捻った。

「いくら漁師の倅であっても、ひとりかふたりは焰硝蔵前で見張っていてもおかしくはないと思うのだがな」

「それではいかんのです。盗みを未然に防ぐのではなく、賊が何者かを確かめないといけないのです。それが代官さまのお考えでして」

ううむ、と丈一郎は唸った。盗みを阻止するのではなく、賊を確かめるために、はなから盗ませるつもりだったというわけだ。

「投げ文の相手を気に掛けるのは当然だが、迎え撃つ手もあったのではないか」

ああ、それは無理です、と信介に向けて杉浦が唇を曲げる。

「先ほども申し上げたように、皆、武芸はむろん捕り物などやったこともありません」

「ですが、先ほど夜に来るとは、といっていらした。それはどういうおつもりだったのか、わかりかねますが」

それはその、つまり、と杉浦が口ごもる。

「おふたりを襲うだろうと思っておりましたゆえ」

「待て待て。我らを襲うだろうとはなんだ。わけがわからん」

信介がいきおい身を乗り出した。

杉浦はいい辛そうに、

「おふたりには野良着を持参していただいたと思いますが」

と、丈一郎と信介を交互に見る。

処の百姓に焔硝とは伝えず運ばせる手筈になっていると、あたりに響くようわざと大声で話していたという。

「どこかで賊が聞いておれば、おふたりを襲ってくるのではないかと。で、本物の焔硝はおふたりが襲われてから、運び出すことに。そのほうがより安全でござろう。そのうえ、おふたりには賊を捕らえていただけるやもしれませんので」

まもなく、千駄ヶ谷村の焔硝蔵を管理している玉薬同心らがやって来るという。本物はそちらに任せるというのだ。

「鉄砲玉薬奉行さまから、おふたりは柔術の達人と聞いておりましたゆえ」

なるほど、そうした理由だったのかと、いったんは腑に落ちた。野良着姿なら、賊も侮ってかかってくるだろうとの筋立てだろう。信介も、気づいたのか、顔をしかめた。

丈一郎は、少し伸びてきた髭をうっとうしく思いながら指先でなぞり、眉をひそめた。

そのように都合よく事が運ぶだろうか。当然のことながら信介も同じ疑念を抱いたようで、杉浦に向けて声を荒らげた。

「おれたちが相手を投げ飛ばすことが出来ても、盗人だぞ。こちらが思うように動いてくれれば、なんの苦労もせぬ。賊が大人数であったら、我らふたりでは太刀打ちできぬ。それどころか、乱暴な奴らなら命だって落としかねないのだぞ」

「そ、それは、お奉行さまにおっしゃってください」

杉浦が信介の剣幕に身を引いて、いった。

とてもじゃないが、二分では割に合わぬ、とむすっとして、腕組みをした。

「二分とは？」

杉浦が眼をしばたたく。

「それはこっちの話だ。お気になさらず」

と、丈一郎は信介を横目で睨みつける。

「まあ、偽の焔硝は盗まれてしまったのだから、我らの役目はこれで仕舞いということでよろしいですか、杉浦どの」

丈一郎が訊ねると、杉浦は首肯した。

信介が耳元で、組頭にはなんと伝えるのだ、と囁いてきた。なにもせずに帰れば二分がおじゃんになるぞ、と不服そうな物言いだ。

「あの、これは些少ではございますが」

と、杉浦が懐から取り出した紙包みを、ふたりそれぞれの膝の前に置いた。

信介の眼の色が変わり、指を伸ばすのを丈一郎が制した。

「杉浦どの、我らは何のお手伝いもしておりません。本来であれば、夜通し荷を守るのが役目であったにもかかわらず、こちらの番所で眠っておりました。とてもいただけません」

「いえ、これはお代官より預かったものですので、遠慮なさらず。こちらまでの足代と思っていただければ」

「なあ、丈一郎、お代官さまのお気持ちなのだ。快く頂戴いたそう」

何が頂戴いたそうだ、と丈一郎は呆れ顔で信介を見た。が、信介は紙包みを取ると、さっさと懐にしまい入れた。

丈一郎も紙包みを手にしたが、そのまま、ふと考え込んだ。なにかしっくりこない。この気持ち悪さはどうしたことか。

杉浦の態度か。この一連の流れか。その両方だ。

「しかし、賊はもう中身が木炭であると気づいているかもしれませんよ。だとしたら、玉薬同心が狙われることになり兼ねません」

「それはもちろん考えておりますが」

そう応えた杉浦に、丈一郎はやや慎重に言葉を選んでいった。

「これは穿(うが)った見方かもしれませんが、下役の中に盗人の一味が潜んでいるとお考えなのではありませぬか？　そのため、このような回りくどい、間が抜けているような真似をなさっているのでは？」

なに？　と信介が頓狂な声を上げ丈一郎を見た。

「そのようなことは断じて、ない——と」

いいたいところだが、それをあぶり出すためのこの茶番劇だと杉浦は苦しげな表情でとうとう真意を明らかにした。

　囲炉裏の炭が弾け、火花が散った。それが合図だったかのように杉浦は背筋を正し、これまでとは打って変わった引き締まった表情を見せた。こちらが本来の杉浦なのであろう。

「投げ文をしてきたのは、おそらく羽田奉行所を設けるに当たり、苦役を押し付けられた荏原の民。その不満を利用して、近づく者どもがいたと報告がありました」

「その者どもというのは？」

　信介が眉間に皺（しわ）を寄せ、杉浦に問う。

「いわゆる異国嫌いの者どもです」

　杉浦は周りをはばかるように声をひそめた。

　幕府は異国船の脅威に対して海防強化を図り、文政八（一八二五）年に異国船打払令（うちはらいれい）を出した。異国船を見つけ次第即刻砲撃すべしという強硬なものである。

「つい数年前に起きた清国（しん）と英吉利国（エゲレス）との戦はご存じですか？」

　杉浦がずいと身を乗り出す。

　ああ、と信介が応えた。阿片（あへん）という幻覚作用のある麻薬と茶葉との貿易がこじれた末に起きた戦だと丈一郎も耳にしていた。結果、清国は敗れている。幕府は、英吉利国や、それ以前から蝦夷（えぞ）周辺に現れる露西亜（ロシア）に対して、武力の差を感じ、さらに恐怖を募らせた。

　また天保八（一八三七）年、亜米利加船が漂流した日本人を浦賀に送り届けて来たが、幕府はそれに砲撃を加えた。これは道義にもとる行為であると、世の批判にさらされている。

「武力で迫られたら、幕府としては勝ち目がない、さりとて、異国の善意を無下に出来ないと悟らされたのだろう？　清国の二の舞いを避けるために、異国船打払令から薪水給与令に変更した」

　燃料となる薪、飲料水などの要求には応じるというものに緩和したのだ。

「それを弱腰だと叫ぶ輩がおるようで。我らも探索を続けておりますが、その正体が未だにわかりません」

「なにを企んでいるとお思いか」

　丈一郎は事の重大さに驚きつつ訊ねた。とはいえ、焔硝を得たところで、沖にいる異国船を打ち払うなど無理な話だ。ということは、幕府の脆弱な態度に――。

「投げ文の最後に、亡国の音を聴けとありました。おそらく幕府の要職の方々を」

　丈一郎の背がぞわりと粟立つ。国が滅びる音曲を聴けということだ。

「それが焔硝の爆破音だというのか。馬鹿いうな。焔硝を爆破すれば、どれだけの被害があると思っているのだ」

信介が叫んだ。

「お偉方が死ぬだけでは済まぬのだぞ。其奴らはどうかしておる」

「だからこそ捜し出し、捕らえねばならないのです。そのための策でありましたが」

杉浦は首を横に振った。手立てなしという諦め顔にも見えた。

「冗談ではないぞ。この奉行所の焔硝が盗まれたら、大騒ぎだ。責を負うだけでは足らぬぞ。杉浦どの、その賊どもと通じている下役の目星は付いているのか？」

「わかりませぬ。皆、荏原の民で、素性ははっきりとしております」

厄介だな、と信介が舌打ちした。

「素性がはっきりしていても、不満を持っている者もいるはずではありませんか？」

「信用できる下役に探らせておりますが、今のところはなにも。しかし、通じている者は必ずおります。偽の焔硝を、騙されて盗りに来たのですから」

なるほどな、と信介が頷いた。

「杉浦どの。いまから本物を運びましょう。なあ、信介」

丈一郎が信介の肩を叩いた。

「いまからだと？」と、信介が眼を丸くする。

「賊が中身を確かめ、木炭だと悔しがっているいましかないでしょう。玉薬同心の方々が参られたら、すぐに出ましょう。そのとき、挙動に不審な者がいれば、其奴が賊の一味であるやもしれませんしね」

よし、と信介がいって、膝を打つ。

「こうなったら、意地でも焔硝を届けなければならんな」

こういうときの信介は素早い。

六

焔硝蔵から焔硝を運び出し、大八車に載せ終わった頃、千駄ヶ谷村から十名の玉薬同心がやって来た。千駄ヶ谷村と和泉村の二カ所に分けて、運んで行く。

丈一郎と信介は和泉村へ向かう大八車を牽(ひ)くことになった。下役がふたり付き、念のために、玉薬同心が三名加わった。

奉行所の冠木門(かぶきもん)で杉浦に見送られ、大八車を動かそうとした刹那、

「時太郎(ときたろう)の姿がない」

と、下役を束ねる男が息急き切って走って来た。

「時太郎が。まさか、あいつが賊の一味だったのか——そんな」

杉浦の顔から血の気が引き、いまにもくずおれそうになっていた。

ただならぬ様子に、丈一郎はすぐさま近づき杉浦を支える。

「かたじけのうございます、礫さま。時太郎は、私と同じ代官所の者の倅で。ふた親は亡くなっておりますが、父親は私と幼馴染でありました」

幼馴染の倅。素性は杉浦のお墨付きだ。

「そんなことがあろうとは。一体、どうして。わかりませぬ」

杉浦は悔しげにいい放った。そこには哀しみと怒りが交錯していた。


大八車はがたがたと音を立てながら道を進んだ。

「幼馴染の倅に裏切られたのだ。杉浦どのも辛いな。おれが丹精したつつじをすべて、市松に引っこ抜かれるようなものだ」

倅の市松はそんなことはしない、と丈一郎は、腹を立てた。だが、つつじなら植え替えもできるが、事はそれほど容易いものじゃない。時太郎は、お上に弓引く者たちの手先になっていたのだ。

時太郎は真っ直ぐで正直な青年だったと杉浦が語っていた。心根も優しく、幼子が転んで泣いていたら、泣きやむまで慰め、品物が売れないとこぼす棒手振りの品を毎朝買ってやる。人の笑顔を見るのが好きだといってはばからなかった。自分が親を亡くして、辛いはずなのに悲しい顔は見せずに、むしろ杉浦を気遣うような子だったと杉浦は眼を潤ませた。政にも次第に興味を持ち始め、荏原の民や漁師が無理やり使役されたことに憤りつつも、異国の脅威に晒されるより、羽田奉行所の存在は必要なのだといっていたらしい。ただ、少し前から夜になると黙って出かけることが多くなり、戻ってくると難しい顔をしていることが増えたという。

「少し顔つきが変わったことに気づいていたのに、それを問い質せなかったのです。奉行所の下役を望んでくれたので、ほっとしてしまいまして……。やはり、実の子ではない遠慮が時太郎にも私にもあったのかもしれません。まさか、賊に加わっていようとは」

杉浦は苦しい胸の内を吐き出していた。

杉浦には気の毒だと思ったが、真っ直ぐな者ほど、何かに強く惹かれてしまうと、そこから抜け出せなくなる。自らの信念を守り通すことだけに躍起になる。若さ、といってしまえばそれまでだが、道を違えていることを周りがどう説いても、気づけないこともあろう。杉浦の後悔は深かった。

丈一郎の思いとは裏腹に、何事もなく大八車は進む。

陽が高くなり、春のうららかな陽射しが嬉しい。あたりは畑が広がり、そこここに小さな花が咲いている。見通しのいい一本道だ。あとどれくらいかかるか。

牛を牽く百姓や籠を背負う野良着の女房とすれ違う。のどかだなぁ、と隣で大八車を押しながら信介が呟く。下役は交代しつつ牽き手を務めていたが、一刻ほどすると、顎を出した。

「水もない。腹も減った。少し休むか。お、あそこの百姓家に頼もう」

信介が指差したのは、なかなか立派な家だ。このあたりの庄屋かもしれない。

車を牽きながら庭に入ると、縁側にいた主人らしき者がすっ飛んで来た。

たっつけ袴の武家が五人もいきなり入ってくれば当然だ。

玉薬同心のひとりが事情を話すと、「お疲れでしょう」と、快く迎え入れてくれた。

「助かった助かった」と、信介は縁側に座り、早速、奉行所で用意された握り飯を頬張る。

皆それぞれに休息を取っていたが、丈一郎は念のため、大八車の傍に腰を下ろした。

と、若い男がふらりと百姓家に入って来た。

百姓ではない。藍の小袖(こそで)を着け、髷(まげ)も綺麗(きれい)に整えられている。遠慮がないところを見ると、この家の縁者であるのかもしれない。

若い男は大八車の傍まで近寄ってくると、

「お侍さま、その荷はなんだね？」

そう訊ねてきた。

「ああ、これは炭だよ。庭先を借りて休んでいるのだが、お主は？」

「おれはここの末っ子さ。お侍さんは、和泉村まで行くんだろう?」

えっ、と丈一郎は身構えた。

炭だなんてことはねえだろう、と薄ら笑いを浮かべた。

「この道は、焔硝を運ぶのにいつも使われているからな。おれは、ガキの頃から見ているんだ。そんな嘘はお見通しだよ。炭ならわざわざ鍵付きの木箱になんざ入れねえ」

男は、積み荷を横目で窺う。

こいつ、まさかと丈一郎は立ち上がった。

「おおっと、そんな怖い顔するなよ。おれは、ちょいと訳ありで実家に帰って来ただけだ。奉公先がなくなって以来、うまくいかねえことと続きでよぉ」

そうか、それは難儀だな、と丈一郎は安堵して応えた。少々気を張り詰めすぎだ、焔硝を狙う盗人がここまで追って来るはずがない、と自戒する。

「幸吉、なにをしているんだい? お侍さまはお休み中なんだ。邪魔をするんじゃないよ」

主人が盆を持ってやって来た。麦湯でございますが、と丈一郎へ差し出した。

丈一郎は、湯飲み茶碗を取ると、ひと息に飲み干し、盆に戻した。

「美味かった」と、主人に笑いかける。

「お粗末さまでございます。こいつは、末っ子のせいか躾がなっておりませんで、失礼

いたしました。これでも両国吉川町で奉公をしておりましたが、その店が潰れまして
ね」

　幸吉は、舌打ちして、声を荒らげた。

「うるせえよ。余計なこと話すんじゃねえ」

「幸吉とかいったな、父上に対して、その汚い言葉はなんだ」

　丈一郎はたしなめた。徳右衛門ならば問答無用と銃を持ち出し、銃口を向けるに違い
ない。

　ふん、と幸吉は鼻を鳴らすと、わざとらしくため息を吐いた。

「店がなくなったのは、おれのせいじゃねえや。くそっ」

　望みがなくなっちまった、と呟いた。

　幸吉の父親は、駄々っ子をなだめるようにいう。

「だから、お前もここで兄を助けてやればいい。百姓を生業にするのがなぜ嫌なんだ
ね」

「肥臭えし、牛の糞臭えしよ。葉っぱひとつ作るのに、空の機嫌を窺って、くだらねえ。

だいたい土まみれなんざ、性に合わねえんだよ」

　幸吉は吐き捨てた。

　性に合わぬか。さもありなん。土と格闘していると己の思い通りにいかないことがあ

るのを痛感する。他人のせいにはできないことがあるのを知る。

「なるほどな。それで、奉公先ではなにをしていたんだ？」

丈一郎が訊ねると、

「おれは、花火師だ。玉屋のな」

幸吉がいきなり胸を張った。

「花火師か、それはいい――」

と、いいさして、ああ、と丈一郎は嘆息した。

玉屋は鍵屋から暖簾分けされた花火師の店だ。川開きの際にこの二店が両国橋を挟んで、花火を打ち上げた。

しかし、一昨年の天保十四（一八四三）年、店から火事を出してしまった。失火とはいえ、火事は江戸でもっとも恐れられている。裁きを受け、玉屋は潰れた。

「そうか、玉屋で奉公していたのか。それは残念だったな」

「まあな、おれはいつもこの道を火薬が通るのを知っていた。その火薬がよ、きれいな花火になるってことを小せえ時に知ったんだ」

「それで、花火師になると決めたのか」

丈一郎が問うと、幸吉が笑みを浮かべた。

「そうだよ、お武家さん。暗い夜空に花を咲かせるなんて、いい仕事じゃねえか」

「そうだな、私もそう思う」

物は違っても、つつじもそうだ。幸吉は、大きく息を吐き、脱力したかのように両手をぶらんと下げ、俯いた。

「けどよ、店がなくなっちまったからよ。それも出来なくなった」

幸吉はそう呟いて、童のように頭を振ると顔を上げた。丈一郎は息を呑む。幸吉の目つきがガラリと変わっていた。

「出来なくなっちまったんだよ」

声を荒らげた幸吉がいきなり大八車に飛びつき、積み荷の菰を無理やり剝がした。

丈一郎は幸吉の腰にしがみつく。ひい、と父親が悲鳴を上げた。

「なにをするんだ」

「放しやがれ、こん畜生！」

幸吉が、丈一郎を振り払う。

居直った幸吉は大八車の傍に立ったまま、懐から小さな玉と火種を取り出した。

丈一郎はぎょっとした。花火玉か。それにしては小さすぎる。

「なんだ、なんの騒ぎだ」

玉薬同心と下役、そして信介が大声を出しながらやって来た。が、幸吉の手元を見て、皆が立ちすくむ。

「貴様、焔硝の盗人か。賊の一味か」と、信介が叫んだ。

「あ？」

幸吉はへらへら笑った。

「盗人？　賊の一味？　そんなの知らねえよぉ」

おれは、花火師だっていったろうが！　と、歯を剝いた。

「丈一郎、ためらうな、取り押さえろ」

信介がいうと、幸吉は花火玉に火種を近づけた。

「もう、なんの望みもねえんだ。おれぁ、あいつと約定を交わしたんだ。川開きでおれの作った花火を打ち上げるってな！」

けど、出来なくなっちまった。店が潰れて、鍵屋でもおれの腕じゃまだ無理だと、雇ってくれなかった、と喚き散らした。

「こいつはよぉ、おれが作った花火玉だよ。ちっこいものだから、大した威力はねえし、きれいに咲くわけじゃねえが。まあ、ほとんど火薬玉だな」

幸吉は皆を見回しながら、小さな玉をお手玉のように弄ぶ。

ひえっ、と父親はまたも悲鳴を上げた。丈一郎が幸吉に怒鳴った。

「こら乱暴に扱うな。花火師ならわかるであろう」

「なら、この焔硝を一箱くれよ。これを鍵屋への土産にして、奉公するんだ。だってよ、あいつ、花火を打ち上げたら、おれの処へ来るっていったんだよ。だから花火師になんなきゃいけねえんだ」

幸吉の眼がぎらぎらとして、血走っていた。

喚いていることも、めちゃくちゃだ。

正気じゃない、と丈一郎は思った。いや、焔硝を見て幸吉の中で何かが弾けたんだろう。父親はおろおろするばかりで、息子の幸吉を止められないどころか、丈一郎へすがるような視線を向ける。

「誰が、お前と約定を交わしたのだ？　教えてくれぬか」

丈一郎は興奮する幸吉をなだめるようにいった。

「茶屋娘のおきぬだ。あの女、母親が病だの、おれと所帯を持ちてえだのといって、茶代を百文だ、二百文だとふんだくりやがって。玉屋が潰れたら、花火を上げられないなら、もう会わねえといいやがった」

女か。女に振られた腹いせに、焔硝を盗まれても困る。お上の焔硝を持参されても鍵屋とていい迷惑だ。

幸吉の花火玉は小さいがそこで爆発させたら、どうなるか。焔硝が爆発に巻き込まれでもすれば、とんでもない惨事だ。ここにいる全員が吹き飛ぶ。

信介がそっと幸吉の背後に身を寄せた。丈一郎に目配せしてくる。

丈一郎は幸吉を見据えたまま、無言で小さく頷き、口を開き、手を伸ばした。

「そう自棄（やけ）になるな。さあ、それを寄越すんだ。女はひとりじゃないぞ」

「うるせえ、黙れ！　そっちこそ焔硝を寄越せ」と、幸吉は丈一郎のみに気を取られていた。

「おい、お主」

信介の呼び掛けに、幸吉の眼が花火玉から一瞬、逸れた。

丈一郎は幸吉に素早く近づくや、花火玉と火種を取り上げ、怒鳴った。

「つまらぬ真似をするな。花はいつでも咲かせられる、自分の花を咲かせろ」

え？　と、幸吉の眼がふと正気に返る。

背後から、信介が戸惑った幸吉の腕を取った。幸吉は、あっという間もなく地面に叩きつけられ、白目を剝いた。


無事に和泉村まで焔硝を運び、組頭の山科から二分の手当を受け取り、信介はほくほく顔で屋敷を出た。聞けば、千駄ヶ谷村へも無事に焔硝は送り届けられたということだ。

「荏原の代官からも二分。これで一両だ。加役もいいな、うはは」と、薄気味悪く笑った。

信介のことだ。内藤新宿で散財してしまうのだろう。さて私はどうするか。うむ、みどりに半金渡して、あとは新しいはさみと鋤を買おう。そうしよう。

「あの幸吉って奴はどうしたかな」

焔硝を盗もうとはしたが、一時の気の迷いということで不問にした。

「女にいいように銭を貢がされていたのは気の毒だが、焔硝は盗んではいかんからな」

しかし、と信介が丈一郎を見た。

「だいたいお前は人が好すぎるぞ。今度、つつじの花を見に来いだと」

「まあ、いいじゃないか」

焔硝の材料が肥になるつつじ、焔硝が使われ夜を彩る花火。どちらもきれいな花になる。

「なにかを感じてくれればいいさ。土にまみれるのもいいものだと思うかもな」

「人はそうそう変わらんぞ」

信介がいなすようにいう。

ひと月後、文が二通届いた。

一通は、幸吉の父親からだ。幸吉は、性質の悪い女をすっぱり諦め、鍵屋に日参し、ようやく熱意が伝わって、奉公が叶ったらしい。

もう一通は、杉浦からだった。時太郎の行方は未だにしれないと綴られていた。

部屋住みの丈一郎にとって加役が初仕事というのもなにやら妙な感じだ。が、なんだか後味の悪さだけが残った。賊は諦めずに新たな形で目の前に現れるかもしれない。
こちらの焔硝は美しい花には決して変わらない。
丈一郎の胸に、消し去ることのできない嫌な火が灯ったような気がした。

縁（ゆかり）の花

一

つつじの季節がやって来た。

うららかな陽射しが降り注ぎ、薫風が心地よい。

大久保百人町の同心屋敷の裏庭を利用したつつじ畑は一面、色とりどりの花に彩られ、巨大で、豪華な敷物を広げたようになっていた。

それが、陽を浴びて一層色濃く輝き、緑の葉と赤系、白系の花との色合いも見応えのあるものになる。

今年も、連日、人々がこの花畑を見ようと押し寄せている。

まだ人気のない早朝、丈一郎はつつじ畑の中をゆっくり巡っていた。すでに萎んだ花を摘みながら、毎年こうして独り贅沢なときを過ごす。

江戸には植物を扱った行楽地が数多くある。

亀戸の梅屋敷、堀切の菖蒲、隅田堤や上野寛永寺、そして愛宕山の桜、不忍池の蓮。品川海晏寺の紅葉。それ以外にも、いく種類もの鳥と花が楽しめる花鳥茶屋や、染井では、草花を眺めながら茶が飲める植木屋がある。

大久保百人町も、江戸のつつじの名所となっているのだ。

つつじは接ぎ木でも、種でも育つ、比較的、栽培しやすい植物として愛好する者が多い。

それに一年草ではないので、手入れをしてやれば何年でも花を咲かせる。それが魅力になって、長屋住まいの者など、鮑の貝殻に植えてでも欲しい、というほどつつじ人気は高い。

つつじの花色は様々ある。白、赤、朱、桃、薄紫などだ。それに加えて、花の模様も多種多様で、地色の上に点が入る斑入りや地色とは異なる色で筋が入る絞り咲き、花弁の筒元が色濃く、次第に花色が薄くなる筒紅や、その逆で花弁に色がありながら筒が白くなる底白、花弁の縁が白くなる覆輪などがある。交雑種になると、花弁の数も変わり、よく見かける基本のつつじは五弁花だが、雌雄ずいが花弁に変化した八重咲きもある。

さらに、なんといっても、つつじは花付きがいい。一本の枝に多くの花をつけるため、遠くから眺めてよし、近くで愛でるもよしと結構な花なのである。

古から愛され、多く歌に詠まれて来ただけのことはある。

ただ、そうした心癒される風景とは別に、大久保百人町の鉄砲百人組同心たちにとって、この季節は稼ぎ時だ。三十俵二人扶持の小禄（しょうろく）の同心たちは、丹精込めて育てたつつじの鉢植えを売って、暮らしの足しにするのである。

どれだけの鉢植えが売れるか。それにこの先の暮らしの明暗がかかっているのだ。

「父上、本日はともに参りますぞ。客足が伸びている今こそ畳み掛けませんと」

朝餉をとりながら、丈一郎はいった。昨年に増して丹精したせいか花付きもよく、丈一郎の鉢植えの売れ行きもいい。出だしは好調だった。

豆腐の味噌汁をすすっていた徳右衛門が、じろりと丈一郎を見やり、

「嫌だ」

と、即答してきた。丈一郎はため息を吐く。

「聞き分けのない子どものようなご返答はおやめください。この時季は礫家が今後、いかに安楽に過ごすことができるかの勝負のときです。常在戦場のお心を持つ父上ならおわかりかと存じますが」

手にしていた汁椀（しるわん）を乱暴に膳に戻した徳右衛門は、

「なにが、勝負だ。なにが常在戦場だ。鉢植えひとつで大袈裟なことをいうな。女どもに愛想笑いを向けて、おべんちゃらをいうのはこりごりだ」

ぷいと横を向いて梅干しを口に入れた。

まことに、童だ。猫の手も借りたいくらいであるのになぁ、と丈一郎は、やれやれと心の内で首を横に振る。祖母、母、妻と磔家総動員でこの季節を乗り切らねばならぬというのに。

昨年、嫌がるのを無理に連れ出したが、商家の内儀(ないぎ)に鉢植えを百文負けろといわれ、懸命に作り笑いをしていた徳右衛門が笑みを引っ込め激高した。その突然の剣幕に内儀は恐怖を感じて逃げ去ったのだ。徳右衛門は、「町人風情に武士が足下を見られたような気がしたからだ」と、三日ほど不機嫌だった。あの内儀も運が悪かった。

客あしらいではなく、植木鉢を運び並べるだけでもよいのだ。

毎年毎年のことであるので、いい加減に慣れてもらいたいものだと思う。

あの、父上、と隣にいる市松が丈一郎へ伺うようにいった。

「本日は塾がお休みなのです。ですからわたしもお手伝いいたします。ただ、昼過ぎに新之丞がこちらに来るので、案内(あない)をしてやってもよろしいでしょうか」

新之丞は、蛙嫌いのせいで悪戯を仕掛けられていたが、市松の手助けもあって、今は蛙を見ても怯えず、摑めるほどにまでなっていた。

「おお、新之丞が来るのか。それはいい。この時季に訪れるのは初めてか？」

「遠くから眺めたことがあるだけだと」

「遠くから見ても美しいが、近くで見るとまた趣が異なる。ぜひとも案内をしてやれ」

「かたじけのうございます。今年は霧島がよく咲いておりますね」

霧島は薩摩(さつま)で作られたといわれる交雑種だ。小振りの花ながら、枝先に二輪、三輪と花をつけるので、その美しさは格別の観がある。

「うむ。霧島の花色は、まさに燃え盛る赤。うちのは特にいい」

自信たっぷりにいい、丈一郎は鼻をうごめかせた。

「丸く刈られた霧島が並んでいるのが、愛らしくもありますし、白花の白妙(しろたえ)を、赤花の霧島と並行して、植えてあるのが見事でした。紅白のつつじはきっと見物の方々の眼を引くでしょうね、父上」

「ははは、わかっているじゃないか、市松。見所があるぞ」

丈一郎はついつい市松の頭を撫(な)でた。

すると、徳右衛門が、「市松もつつじ馬鹿にするつもりか」とぼそりといった。丈一郎が聞こえない振りをしていると、箸を投げ出すように膳に置き、徳右衛門が立ち上がった。

「父上」と、丈一郎は声を掛ける。

「うるさい。わしは行かぬぞ。植木屋ではないからな。角場に行く」

射撃の練習をするつもりだ。

「誰も角場には行きませんよ。見物客がいるのに、鉄砲の音など響かせるのは無粋ですから」

　丈一郎がいうと、徳右衛門が眼をひん剝いた。怒声を上げる寸前、

「あらあら、どういたしましょうか、義母上」

　男三人の給仕をしていた広江が、呑気な声を出した。

「はいはい、そうですねえ」

　縁台に座っていた登代乃が首を横に振る。

　それに勢いを削がれたのか、徳右衛門が苦虫を嚙み潰したような表情をして、怒りを呑み込んだ。

「なんです。ふたりして。奥歯に物が挟まったような物言いですな」

「だって、徳右衛門」

　と、登代乃がちらりと徳右衛門を見上げた。

「一色さまがお忍びでお見えになると先ほどお使いが見えたのですよ」

　なんと、と徳右衛門が絶句した。丈一郎も知らなかった。そういえば、少し前に、広江が脇玄関で誰かと話していたような気がする。あれが一色家からの使いだったのか。

「ぜひとも、百人町のつつじを案内してもらいたいものだと。ねえ、義母上、どういたしましょう。案内ならば、つつじの世話をしている丈一郎が適任だと思いますが」

　我が夫をちらと横目で見た広江に登代乃が、

「嫌だ嫌だと申す者に案内を任せるより、ようございましょう」

しれっといいのけた。徳右衛門が眼を見開いた。

「それを早くいわぬか。一色さまがおいでになるというなら、わしもつつじ畑に出る。行くぞ。おい、丈一郎。早う、つつじを教えろ」

丈一郎は、ため息を吐きつついった。

「そういうのを付け焼刃というのです」

「わしとて、若い頃は畑に出ていたのだぞ。父を侮る気か。早う畑に出て、教えろ」

丈一郎がまだ飯を食っているにもかかわらず、急かす。まったく、こうなると手が付けられない。

「父上、一色さまのほうがつつじについては、お詳しいでしょう。父上は警護役としてお傍に付いておられればよろしいのではありませんか」

むむっと唸って、徳右衛門が顎を引いた。

「警護役とな?」

「ええ、そうです。お忍びということであれば、お供の方も少ないでしょう」

つつじを見に来るのは、老若男女、身分を問わない。一色はなかなか世知に長けた人物だ。徳右衛門の古い友人が事件を起こした際も、その事情を考慮し、うまく収めてしまった。権力というのはこういう際に使うのだと丈一郎は感心したものだ。そういう一色であるから、仰々しく見物に来るのを避けるはずだ。周りも楽しめぬし、己自身もゆるりと見物ができないからだろう。

「鉄砲同心として、長年警護を務められているのですから、父上ならば、安心です」

「そうか！　よし。警護役ならば任せておけ」

徳右衛門は急に張り切り始め、では着替え着替えと、足取り軽く座敷を出て行った。

「徳右衛門、粗相なきよういたすのですよ」

登代乃が廊下へ向けて声を張る。

「母上。お任せくだされ」と、廊下からうきうきした声が返ってきた。

ほほほ、かわゆいかわゆい、と祖母がさも嬉しそうに微笑んだ。

「あんなに張り切って。元服すると男の子は変わりますね」

丈一郎は広江と顔を見合わせた。祖母はどうも昔に戻ってしまったようだ。ふとした折に、頭の中に霞(かすみ)がかかるのだが、そのきっかけが何であるのか不明なため、対処に困る。

「そうでございますね。徳右衛門さまはほんに真っ直ぐなお方でございますゆえ」

ええ、と登代乃が頷いたが、そういった広江の顔を見て、

「あなた、誰だったかしら？」

首を傾げた。

二

姉さんかぶりをしたみどりが、たすきを掛け、台所で握り飯を作っていた。盆の上にはすでに数十もの塩むすびが並んでいる。

「すまないな。手は大丈夫か？」

炊き立ての飯を握っているため、みどりの掌が赤くなっている。

市松とともに台所にやって来た丈一郎は、労いの言葉を掛ける。

「ええ。つつじの季節が終わるまでは、わたくしも精一杯お手伝いいたしますゆえ。何といっても、稼ぎ時でございますから」

あら、稼ぎ時などとはしたない、といって笑った。

「いやいや、その通りだ。鉄砲百人組同心、普段は仲間ではあるが、この時季は、つつじをいかほど売り捌くかの競い合いだ。心してかからねばな」

「母上、竹筒に水を入れますね」

「ありがとう、市松。お願いいたします」

丈一郎も腹に力を込めた。

今年は例年以上に意気が上がっていた。というのも、とうとう念願のつつじが咲いたのだ。一昨年、交雑したものが、ようやく実を結んだ。

交雑種を作るのは、やはり手間がかかる。品種の見極めも大事になる。つつじの仲間だからといって、闇雲に掛け合わせても、思うような結果が得られるわけではないからだ。

丈一郎が交雑させたのは、葉形と花形が少し変わった淡い紫のつつじ同士だ。葉も花弁も通常のつつじより細めだが、いずれも交雑種ではない。紀州のほうでは、自生している。

それを交雑させたらどのような花になるか、この二年、見守って来た。

蕾をつけたときには、その場で小躍りするほど嬉しかった。毎朝、蕾が開くのを待っていた。それは、我が子が誕生する瞬間と似ていた。こんなことをうっかり口にすれば、みどりが角を出し、

「産みの苦しみと同じになさいますな」

というだろうが、胸の高鳴りは市松誕生のときに勝るとも劣らない。

市松が生まれたときにも泣いたが、つつじが咲いたときにも、涙が頰を伝った。

花色は淡い紫色をとどめていたが、花弁が驚くほど細く、いわゆる采咲きと呼ばれるものだが、元のつつじよりもさらに細い。花弁が外側に大きく反り返った形は、これまでに眼にしたことがなかった。つつじを栽培しながら、交雑はしていたものの、ここま

で見事な変化物に仕上がることはなかった。雌雄ずいも残っていた。ならば種も採取できる。また来年も咲かせることが可能だ。

これは、私だけのつつじだ。なんと名付けようか。

一色に見てもらうのもいい。名付け親になってくれないだろうか。俳諧の会などをやっているくらいだから、きっといい名をつけてくれるはずだ。丈一郎は、この鉢植えを五つ作った。値はまだ決めていないが、つつじ好きの者ならこれが交雑種であることをすぐに見抜く。珍しい品種であることもわかる。

本来なら、今年、種を取り、来年同じ花が咲くかどうか試してみてからにしたいところだ。だが、花が咲いた嬉しさで、一刻も早く人目に触れさせてやりたい思いも募る。そして、本当に、このつつじを愛でて大切にしてくれる者に譲りたいとも思った。だから、この五鉢はまだ表には出していなかった。丈一郎は、毎年、ここを訪れ、つつじ談議に花を咲かせる好事家数人だけに見せるつもりでいた。そのため、鉢の数を限って作ったのだ。

その者たちが、どのくらいの値をつけてくれるのか、それもひとつの賭けだ。己の自信にも繋がる。

「さあ、参りましょうか、お前さま。本日はお天気もよく、物見の人もたくさんやって来るでしょうね」

みどりがたすきを解いた。

「母上、竹筒に水を入れ終えました」

「本日も張り切って行くぞ。では出陣だ」

丈一郎がいうと、みどりと市松がくすくす笑った。

祖母に留守番を頼み、礫家の面々は裏の畑に向かった。市松は竹筒を、丈一郎は握り飯を載せた盆を持つ。さすがに今日は継当てだらけの野良着ではなく、袴を着けた。

屋敷から、つつじ畑を五間（約九メートル）ほど行った先に簡素な作りの床店が設えてある。縁台を置き、その上に鉢植えを並べるのだ。

歩きながら、

「お祖母さま、大事ないでしょうか？」

みどりが心配げな顔をしていった。

「留守番というのは承知していたようであったから、大丈夫だろう」

丈一郎はそう応えたものの、先ほど広江の顔がわからなくなっていたのには、少々不安が募った。

このまま、ずっと霞がかかったままになってしまうことへの恐怖もある。祖母は、足腰も弱り始めている。けれど、父を諫められるのは祖母しかいない。まだまだ元気でいてもらいたい。

母は母で、暗い顔をしていた。自分のことを忘れられてしまっていたのがこたえたのだろう。

しかし、皆の心配を他所に、父は羽織を着け、大小を帯び、先頭を切って歩いている。

「おお、こりゃ見事見事。桜は上を見上げねばならぬが、つつじは手に触れる処で咲いておる。まさに花畑を行くようなものだな。西方浄土もこのような美しさかもしれん」

ははは、と高笑いしている。

「西方浄土ですって。こちらはお祖母さまの心配をしているというのに、縁起でもない」

と、呟いてから、よせばいいものを、

「義父上、浄土は蓮ではありませぬか」

みどりが徳右衛門へ声を掛けた。丈一郎が思わず身構えると、振り返った徳右衛門が、笑みを浮かべた。

「嫁御どののいう通りだな。しかし、つつじの美しさも格別よ」

再び、ははは と笑う。

みどりが眉根を寄せた。突っかかって来ないのが珍しく、薄気味悪かったのだろう。

一色を警護するのが嬉しくてたまらないのだ。父上ならば安心などと、持ち上げなければよかった、と丈一郎は苦笑した。

いずれにせよ、鉢植えを売る戦力にはならないのだから。

もうすでに他家の同心が畑に出て来ていた。

「よう、丈一郎」

声を掛けてきたのは、隣家の増沢信介だ。やはり増沢家も総動員だ。みどりが、増沢の妻や舅姑(きゆうこ)に会釈する。信介の子が、「よう、市松」と声を張り上げた。父親そっくりの口調だった。

と、信介がこちらに小走りで近寄って来た。

丈一郎の耳元で、

「親父さまが出張って来るとは驚いたな。昨年のことで、もう出て来ないと思っていたが」

商家の内儀へ怒声を浴びせた一件だ。

「それがな、一色さまが来られるのだ。私は案内ができぬので、父に任せた」

警護をしてくれといったのだ、といい添えた。

「鉄砲同心魂をくすぐられたってわけか」

「しかしな、父にもそろそろわきまえてもらわぬと困る。私が家督を継げば、今のように畑だけ守っていればいいわけではない。お前の家が羨ましいよ。親父さまもつつじを育ててくれているからな」

「まあ、おれがお役目で出ているときは仕方がないからな。鉄砲同心は悲しいかな、部屋住みの頃はつつじ栽培を手伝い、家督と同時につつじ畑を譲り受け、隠居すればまたぞろつつじ栽培の手伝いだ。どう思う？　丈一郎」

「と、いわれてもなぁ」

しかし、徳右衛門にはそういう気がさらさらない。よくぞここまでつつじにかかわらずにきたものだと逆に感心する。

「うちは祖父が死ぬまでつつじの世話をしていた。父も私が畑に出られるようになるまでは枯れないくらいに育ててはいたがな。私が畑に出ると、ほとんど手伝いなどせん。もっとも私はつつじ栽培が根っから好きなので気にならないが」

「ちぇっ。好きといえるお前が羨ましいよ」

そういって信介は去って行った。

幸い丈一郎は鉄砲よりもつつじ栽培のほうが性に合った。それなりに角場で射撃は修練しているが、あの破裂音や火薬の匂いはどうしても好きになれない。

向後、鉄砲同心として、城門の警備などではなく、本来のお役目を果たす日が来るのか、それはわからない。世の中が、次第にきな臭くなっているのは、肌で感じる。ぴりぴりとした緊迫感がある。

過日、廃止となった羽田奉行所から、焔硝を別の焔硝蔵に移す役目を丈一郎は信介とともに果たした。その焔硝が盗人に狙われており、羽田奉行所では一計を案じた。盗人に偽物をつかませ、事なきを得たのだ。

焔硝をどう用いるつもりだったのかは知れないが、江戸の町で爆破など起こせば一大事だ。まずは盗人たちの手に渡らなかったのには安堵した。

しかし、羽田奉行所が廃止されたのは、異国への監視を緩くしたためではない。むしろ、浦賀や下田(しもだ)の沿岸防備の強化を幕府は図っているのだ。

幕府は、なにか不穏な情報を得ているのではないかという気さえしてくる。

三

朝五ツ（午前八時頃）の鐘が鳴り響くと同時に、見物客がわらわらやって来た。仕事に出ている男たちは、朝は来ない。夕方、仕事終わりに訪れる。それまでは、商家の内儀や若い娘、隠居や武家などが多い。

つつじは朝夕かかわりなく咲き続けるので、夕方になっても客足は衰えない。組屋敷の庭をそぞろ歩くにも結構な時間を要する。つつじをたっぷり楽しむことができる。

じつは、若い娘たちにとって、こうした花見は出逢いの場にもなっている。昼間、花見に来る若い男はごく限られた者だ。若侍か、商家の息子か。そうした者たちの眼に留まろうと、懸命に化粧を施し、着飾って来る。

男の方でも、それを承知しているので、集う娘を目当てに訪れる少々不謹慎な輩もいなくはない。

丈一郎の育てた霧島と白妙はやはり人目を引いた。皆が感嘆の声を洩らしながら、歩いている。このときが、なによりも嬉しい。一年間、手塩にかけてきた苦労が報われる瞬間だ。胸が熱くなる。

人が笑顔になる。人の楽しげな顔が見られる。時に感心させ、感動させ、幸せな気分にさせることもできる。

それがなにより嬉しい。

この時ばかりは鉄砲同心であることを忘れる。

「大久保はつつじの名所。それを我らが支えている。武家であろうが、植木屋であろうが構わぬではないか。花を眺める者たちとこの時季をともに喜べればよい」

飯島武右衛門の言葉が甦(よみがえ)る。

このつつじの花園はやはり我らにとって、大切な地である。百人組はつつじを栽培するのがお役目である、とそう思いたい。

鉢植えを求める者が次々訪れ、みどりも広江も市松も慌ただしく客の応対を始める。

「一色さまはまだかのう」

徳右衛門が床几に座り、苛々と脚を揺すっていた。

「もし、ご隠居さま。鉢植えを」

商家の番頭が徳右衛門に声を掛けた。だが徳右衛門は応えない。当然だ。隠居ではないからだ。丈一郎が慌てて、徳右衛門を隠すように前に出た。

「どの花がよろしいですか？」

番頭は、ああ、と頷いて、「そちらの鉢をいただきたいのですが」といった。

「かたじけのうございます。八重咲きですね」

丈一郎は鉢を持ち、番頭へ確かめる。その背後から内儀に手を引かれた幼い女児が鉢を見て、嬉しそうに飛び跳ねた。

「ふん、うまいもんだな。すっかり植木屋が板についておる」

徳右衛門の皮肉が聞こえる。丈一郎は無視して、番頭から銭を受け取り、頭を下げた。

「おうおう、町人に頭を下げおった」

「静かにしてください。今は商いの真っ最中ですよ。文句があるなら、屋敷にお戻りください」

丈一郎は通り過ぎる人々に笑みを向けながら、徳右衛門へいい放つ。

「器用な男だ。顔は笑っておるのに、声は怒っておるぞ。我が倅ながら感服いたした」

徳右衛門がからかうようにいい、みどりに向かって「握り飯をくれ」と声を上げた。

「義父上はなにをしに参られたのですか」

みどりが不服そうにいう。

「一色さまがいらっしゃるのでな。そのお相手をしてもらおうと」

みどりは得心して、「早くいらっしゃればよいのに」とぼやいた。

半刻ほどの間に、鉢植えは残り少なになっていた。

これは困った。今日は快晴のせいか、いつもより人出が多い。明日の分も売ってしまうかどうかと考えあぐねていると、

「丈一郎」

一色の声がした。

「よくおいでくださいました」

「いつぞや以来だな。お主の父とはよく会うておるが」

一色は笠を着け、羽織袴も地味な色だ。供も中年の家士と中間というふたりだけだった。

まことにお忍びであるようだ。

「この紅白のつつじは遠くからでも目立っていたぞ。さすがだな」

「かたじけのうございます」

義父上、義父上、とみどりが小声で徳右衛門の身を揺らしていた。

一色はそれを見て、頬を緩めた。

「居眠りなど申し訳ないことでございます。先ほどまで張り切っていたのですが。ああ、丁度いい。父が目覚めると厄介なので、今の内に」

一色さまに見ていただきたい花がございます、といって丈一郎は身を翻した。

交雑種は、表には出さず、人目につかぬように葦簀（よしず）で隠して奥に置いていた。

みどりが徳右衛門を起こす手を止め、一色に挨拶をしている。市松と広江の声も聞こえてきた。

丈一郎は、鉢を抱えて戻ると、

「これでございます。今年咲いた交雑種です」

一色へ差し出した。

ほう、と一色が感嘆した。

「これは美しい采咲きだな。しかも花弁も葉もより細い。この紫色も上品だ。なにより様子がよい」

一色は交雑種を凝視しながら、唸った。

「よくぞ、咲いてくれたものよ」

丈一郎は眼を細めて花を眺める一色に、恐縮ではありますが、と前置きしていった。

「これにはまだ名がありません。一色さまに名付け親になっていただきたいと思っているのですが」

「わしが、名をつけてよいのか？　お前が咲かせたつつじであろう」

一色が眼を丸くする。

「私には言葉を選ぶ才はなさそうですので。お誘いいただいた薫風会もお断りしたくらいですから」

「なるほど、そうであったな。代わりに徳右衛門が来た」

なにを思ってか一色が楽しそうに笑う。

すると、弾かれたように徳右衛門が床几から立ち上がった。

「こら、一色さまがいらっしゃっているならなぜいわぬ。ったく、妻も嫁も倅も気が利かぬことで、失礼いたしました」

皆を一瞥(いちべつ)すると、一色に深々と頭を下げた。

「いいのだ。徳右衛門。お主が気持ちよさそうに眠っておったのでな」

「や、それは不徳のいたすところで。陽気がよいのでついつい。では早速、つつじ見物と参りましょう」

徳右衛門は一色を急かした。

「丈一郎、先ほどの一件は、ひと回りしている間に考えるとしよう」

「承知いたしました。かたじけのうございます」

さあさあ、参りますぞ、と徳右衛門は一色を促し、歩いて行った。

見物客は引きも切らず、皆、明るい表情でつつじ畑の中を時々立ち止まり、談笑したりしながら、ゆっくりりと歩を進める。

丈一郎につつじについて訊ねて来る者も多くいる。少しばかり話に夢中になっていると、いつの間にか人だかりができていて驚いた。

「虫はどうしたらよいかな？」

問いかけられ、丈一郎は応える。

「つつじは育てるのは容易いですが、虫が多くつくのが困りものです。まず、陽当たりがよく、風通しのよい場所で育ててください。虫がいたら、すぐに潰すことが大切です。あるいは、鯨の油や生薬を調合して駆除薬を作らねばいけません。何が効果的かは各々調合を工夫して試すことです」

枝や葉にびっしりついては見た目も悪いどころか、そうしないと、次の年に花が咲かなくなると、付け加えた。

「そうか、今年の花付きが悪かったのはそのせいか。駆除薬の調合を教えてくれ」

「それは虫によっても異なりますし、栽培を生業にする者は駆除薬の調合は秘中の秘でありますので教えられません」

丈一郎はきっぱりと拒んだ。

悔しげな男の顔を見ると、信介だった。どうも聞いたことのある声だと思った。客に紛れて問うてくるとは、調子のいい奴だ。

空が朱に染まり始め、人もだいぶ引いて、まばらになって来た。

市松は、午後になって現れた新之丞とともに他の家のつつじを見に行っている。そろそろ戻って来るだろう。

一色と徳右衛門の姿は見えない。丈一郎は首を伸ばし、鉢を右に左に置き直す。

「お前さま、何をそのようにそわそわしていらっしゃるのですか？」

みどりが盆や床几の片づけを始める。

「ああ、一色さまが」

と、丈一郎がいうと、

「そうなのよ。一色さまをお招きしたりしないわよね。嫌な予感がするのよ」

広江が困惑気味にいった。徳右衛門が一色を屋敷に連れて来るのではないかというのだ。丈一郎は交雑種の名をつけてもらいたくてうずうずしているのだが、母の思いは別のところにあった。しかし、その懸念はもっともだ。あの父である。せっかくだからと、一色を屋敷に招くことは十分ありそうだ。

「酒食だって、粗末なものしか出せないし。仕出しを頼むほど銭はないし」

広江がため息を吐く。銭なら、今日鉢植えが売れた分だけはある。それを出してしまうのは惜しいが、万が一のときにはそうするしかないだろう。

「母上、仕出しを――」

丈一郎がいいかけたとき、徳右衛門が髷を振り乱し、悲痛な表情でつつじ畑の道をまろぶように駆けて来た。

「一色さまが！　賊に捕らえられた」

丈一郎は絶句した。

四

「父上、どういうことですか」

丈一郎は気を落ち着け、徳右衛門に呼びかけるように訊ねた。

一体、何事だ。丈一郎の身が思わず知らず強張る。

客が引き始めた夕刻の陽光がつつじを照らす。茜色（あかねいろ）の光がさらに濃く霧島の赤い花を彩る。この時季には見慣れた美しい色が、不穏さを表すように丈一郎の眼に映った。

徳右衛門は、丈一郎の前まで来ると腰を屈（かが）めてぜいぜいと荒い息を吐き、途切れ途切れにいった。

「つつじの見物をしていたとき、三人の町人が、一色さまに近づいて来たのだ」

ごくさりげなく話しかけて来たという。皆、若年でござっぱりとした形をして、一見したところ仕事先を同じにする仲間に見えたという。柔和な、人懐っこい表情をして、一色につつじのことを訊ねたり、感想を述べたりしながら、しばらく談笑しつつ歩いていたといった。

一色も徳右衛門も、この三人の若者にまったく不審なものを感じなかったらしい。

「ところがだ」

徳右衛門が、奥歯を悔しげに嚙み締める。

喉が渇いたと一色がいったため、つつじ畑の中に設けられているあずまやで一休みすることになり、徳右衛門はその場を離れた。竹筒の水が空になっていたからだ。丈一郎らの処に戻り、水を補充しようと五間ほど走ったとき、悲鳴が聞こえた。

振り返ると、一色がふたりの若者に腕を取られ、もうひとりの者が匕首をかざしていた。

一色を守ろうと飛びかかった一色家の中間が腕を切りつけられたのだ。徳右衛門が耳にしたのは、その悲鳴だった。

供について来た中年の家士も刀を抜いたが、一色に匕首の刃先が向けられているために手出しができない。

「それを見ながら、父上は何もせずに、逃げ戻ったのですか」

「逃げ戻ったのではない！　わしは、奴らを問い質したのだ。目的は一色さまの暗殺ではない。我らの焔硝蔵だ。そこまで連れて行けといっておる。一色さまはそのための人質だ。解放するのは、焔硝蔵を開けてからだというておる」

ぞくり、と丈一郎の全身が粟立った。その蔵から火薬を持ち出す？　いや不可能だ。ならばなにが目的なのか。

「一色さまが田安家家老と知っての狼藉ですか？」

それは——と徳右衛門が言葉を濁した。

「その者たちとの雑談の中で、わしがうっかり口を滑らせた。滅多にお会いできないお方であると」

徳右衛門はそこで力尽きたように、その場にがくりと膝をつく。

「思えば、そのとき、ひとりの男の顔色が変わったようにも見えたのだ。そこで、わしが一色さまに注意を促しておれば。いいや、違う。わしの勘が鈍っているということか。危険を察知できなかったのは、やはりわしの落ち度であろう」

徳右衛門はその場にくずおれ、地面に手をついた。

まさか、と丈一郎の胸底は揺れた。

羽田奉行所から火薬を盗み出すことに失敗した、あの一味ではないか。考えたくはないが、脳裏にある名が浮かんできた。

元羽田奉行所を管理している代官の手代、杉浦鉱次郎の幼馴染の倅である時太郎だ。

杉浦の伝手（つて）で下役として火薬の見張りについていた。杉浦の機転で、火薬は炭にすり替えられていたが、それと知らずに盗んだ賊とともに、時太郎も姿を消した。

後に、賊の仲間として羽田奉行所の内部事情を得る役目を担っていたことが判明した。

時太郎の親は亡くなっている。友人が遺（のこ）した時太郎を杉浦が我が子のように面倒を見てきたのだ。時太郎がどんな思いで賊に加わったかはわからないが、杉浦の心痛はいかばかりだったろうか。

徳右衛門は、背を震わせる。己の情けなさへの怒りなのか。

それまで黙っていた母の広江は、夫に近寄ると、その背をさすった。

市松も新之丞も沈痛な表情をしている。

そのとき、丈一郎の妻のみどりが、姉さんかぶりを取り、徳右衛門の前に進み出た。

「なにをしていらっしゃるのですか？　義父上」

みどりは静かに、だが厳しい声で徳右衛門を見下ろしながらいった。

みどり、と丈一郎がその手首を摑んだが、みどりはその手を振り払う。

「情けのうございますな、義父上。お嘆きになったところで一色さまをお助けできませぬ。事は急を要するのです」

「みどり」

広江が顔を上げ、嫁を睨めつける。

「義母上、差し出がましいようですが、義父上をお慰めしている場合ではございますまい。火急の時でございます」

みどりは、きっぱりといい放ち、首を回して丈一郎を見据える。

「今すぐに、あずまやへ参り、一色さまをお救いいたさねばなりませんのに、なにをもたもたしているのです」

「もたもたしているわけではない」

丈一郎は思わず怒鳴っていた。

「鉄砲同心のお役目をお考えあそばせ。鉄砲は迫り来る敵をまず怯(ひる)ませ、蹴散らすのが戦での役目。この大久保は、西国より襲撃を受けた際、江戸を守るため、迎え撃つための地ではありませぬか。つつじの名所にするのがお役目ではございません」

「みどり、なんということをいうのだ」

丈一郎はみどりの物言いに、憤りすら覚えた。やはり、みどりにも、つつじ栽培に夢中になっている丈一郎を蔑む思いがあったということか。

だが――。

江戸を守る。それが鉄砲百人組としての役目。

「男どもがこのような体たらくでは、市松に跡を継がせたくはありませぬ。躊躇している暇はございません。一色さまをお助けする手立てを一刻も早うお考えなさいませ。そして賊の要求に決して屈してはなりませぬ」

　徳右衛門が顔を上げ、みどりを見た。みどりを見つめるその瞳がわずかに潤んでいる。丈一郎は動揺した。このような弱々しい父の姿を見たのは初めてだった。身体まで、ひと回り小さくなったようにも見える。

「丈一郎。嫁御のいうとおりだ――」

「父上！」

「わしは、なにもできなかったのが口惜しい。口惜しくてたまらぬ」

　喉を絞るようにいう父が哀しい。このような父を見たくはなかった。

　丈一郎はみどりへ視線を移した。徳右衛門に厳しい顔を向けたままだが、握った拳が小刻みに震えていた。みどりもこんな義父を見たくはなかったのだ。

　罵声にも似た言葉は、徳右衛門を奮い立たせるつもりだったのだろう。

　こうしている場合ではない。丈一郎は背筋を正し、いい放った。

「あずまやに参ります。賊がいるのは南のあずまやでしょうか」

　徳右衛門が頷いた。頼む、と小さな声でいった。

丈一郎は、屋敷にとって返す。その道すがら、

「丈一郎、何があった」

礫家の様子に奇異なものを感じたのか、信介が近づいて来た。

「信介か。いいところへ来た」

丈一郎は、早足で歩きながら、あらましを伝える。

信介の眼が見開かれた。

「もう見物客はほとんど帰った。それが幸いといえば幸いだが。しかし、一色さまをお助けする方策を立てる暇さえないな」

ともかく、すべての同心と与力さまにお伝えするのがよかろう、と信介がいった。

「待て、信介。騒ぎを大きくすれば、奴らは興奮して一色さまに危害を加えるかもしれない」

むっと、信介が唇を曲げた。

「しかし、たった三人の町人相手に手をこまねいているのも悔しい」

まさか、つつじが美しく咲き乱れるときにこのようなことが起きるとは。誰が予想できただろう。

「ふん。なにが起きるかわかっておれば、苦労はしない。予想できぬことが起きるから、皆、慌てるのだ。まずはこちらが落ち着いて方策を練らねば」

信介がもっともらしくいう。

「それにしても、お前の親父さまがそこまで気弱になるとは思いもよらなんだ。やはりご自身の衰えを感じたのではないか」

丈一郎は、信介の言葉にいささか腹を立てて、返答した。

「礫徳右衛門が衰えたとは思わぬ」

「丈一郎。お前もいい加減にしろよ。いつも、威勢のいい親父さまだ。弱くなったと認めたくない気持ちはわかる。けどな、人は歳を取る。気力は衰えずとも、身体の衰えは親父さまとて感じているはずだ」

丈一郎は信介を見つめた。

「わかるんだよ。共に警護に当たっているとな。いやでも見えてくるんだ。少し前までは、おれたちを不甲斐ないと怒鳴っていたが、いまはめっきり減った」

時々だが、昼餉の後に居眠りをしていることもある、と信介は首を横に振る。

そんなことが、と丈一郎は驚きを隠せなかった。

「なにゆえ、私に黙っていたんだ。なぜ話してくれなかった」

丈一郎は詰るようにいった。

「馬鹿。おれだって、そんな親父さまを眼にするのが寂しゅうてたまらなかったからだ。他の若い同心らもそうだ。角場で的を外すのを思い切りけなし、鉄砲同心とはこうあるべきだ、と偉そうに怒鳴ってほしいんだよ」

けどな、それも親父さまに甘えているのやもしれんな、と信介の口調は沈んだ。

そんなふうに、父は思われていたのか、と丈一郎は息を吐く。きっと徳右衛門は、若い同心連中には疎まれているのだろう。けれど、口うるさくとも、小言が煩わしくとも、それはそれで、慕われてもいたのだ。

私は、己の父を見ている振りをしていただけなのかもしれない。いつまでも老いを認めず、家督を譲らぬ頑固者の意地っ張りと決めつけていた。けれど、どこかで私はそれをよしとしていたのではないか。

つつじ栽培は禄の少ない我らにとって必要なことだ。

硝石、硫黄、木炭――。

鉄砲に必要な火薬の材料が、つつじの肥料になるというのは、まことに皮肉だ。そのつつじに夢中になる私を、父は――。

「丈一郎。おい、なにを考えているんだ。どうするつもりだ」

信介に呼びかけられ、丈一郎は我に返った。

「一色さまは、田安家の家老なんだぞ。助けられなければ、大変なことになる。鉄砲百人組がなぜあるのか。おれだって、この泰平の世に鉄砲など必要なのか考えることはある。しかし」

隣で喚き散らす信介に、

「黙っていてくれ」

丈一郎は低い声でいい放った。

五

屋敷に戻った丈一郎は、徳右衛門の銃を手にした。常に手入れがされている、磨き込まれたきれいな銃だ。銃身の冷たさ、重さが伝わって来る。

これを手にして一体なにができるか。まだなにもいい案は浮かんで来ない。ただ、ひとつだけ——これも賭けだ。やはり信介にも手伝ってもらうしかないか。しくじれば、おそらく礫家はお終(しま)いだ。信介の増沢家にも迷惑がかかるのも必至だ。

「誰だい？　徳右衛門かえ？」

廊下から声を掛けてきたのは、祖母の登代乃だ。登代乃は丈一郎を見て、眼をしばたたいた。

「なにゆえ、銃など。それにあなた徳右衛門ではないでしょう？」

祖母はまだ頭に霞がかかっているようだ。

「あの、徳右衛門さまから頼まれまして。これから角場で射撃の修練をなさるとか」

「もう陽が傾いておりますよ」

登代乃が訝しげに、じっと丈一郎を見つめてくる。焦る丈一郎はどう説き伏せようかと考えた。

急に登代乃の眼つきがきりと険しいものに変わった。

「何か起きたのでしょう？」

「え？　いや、そのようなことは」

「徳右衛門は他人に己の銃を持って来るようには決していいません。武士にとって刀が魂であるように、鉄砲同心には、鉄砲もまた魂であるのです」

「重々承知しております」

「ですから徳右衛門に何かあったのか、訊ねているのです」

丈一郎は、どうするかと祖母を恨めしく思った。このままでは屋敷を出られそうにない。

すると、登代乃の表情がふわりと柔らかくなる。

「丈一郎じゃないの？　本日はつつじ売りに出向いていたのでしょう？　よく売れましたか？」

「はい、おかげさまで」

元に戻った、と急いで鉄砲を後ろ手に隠した丈一郎はほっと胸を撫で下ろす。

いる。

登代乃はぽんと手を打ち、隣室に行くと、すぐに戻って来た。その手に書状を持って

「半刻ほど前に届いたのよ」

丈一郎は差し出された書状を手に取り、裏に返した。杉浦鉱次郎とある。すぐさま書状を開いた。

そこには、先日の賊が捕らえられたことが記されていた。羽田奉行所建設にあたり、手伝いに駆り出された村の者たちを、数名の浪人者が煽動したらしい。建前は政に物申す形であったが、手に入れた火薬を売りさばき、銭に換えるつもりだったのだという。

時太郎は、羽田奉行所が異国の脅威から江戸を守る要衝であると信じて疑わなかった。そこが廃止となるのは、幕府はもう異国に翻弄されても構わないと考えているからだと、浪人者らにそそのかされたという。

時太郎と他二名は逃走している。

このまま何事も起こさずに逃げ果せてほしいと思う一方で、その思い込みでなにかをしでかすやもしれないと不安を綴っていた。

なんてことだ、と丈一郎は呟いた。

血気盛んな若者は、欲に駆られた者たちに利用されただけだったのだ。

遅かった、と丈一郎は歯噛みした。

一色に刃を向けた罪は免れない。杉浦にこれを伝えるべきか否か。だが、今はそれすら考えている猶予はない。

「お祖母さま、行って参ります」

「あまり良い知らせではなかったようですね」

「ええ。ですが、我らは鉄砲組としてやらねばならぬことがあります」

「気をつけて。しっかりおやりなさい」

「かたじけのうございます」

丈一郎は屋敷を出た。

裏口で待っていた信介は、銃を持つ丈一郎を見て青い顔をした。

「お前、まさか撃ちかけるつもりか。そんなことをすれば、いや、銃など持っていたらそれこそ、お前がいったとおり逆上することだってあるぞ」

「一色さまを殺めるつもりはないと、父がいったのを信じる。三人の町人らは、焔硝蔵に案内しろといっているのだ。お前に思い当たることはないか？」

羽田奉行所の一件だ、と丈一郎は信介を横目で見やる。

信介が呻く。

「まだ、終わっていなかったということか。幕府が弱腰だと、思い知らせてやるという馬鹿集団のことだろう？」

そうだ、と丈一郎は頷いた。

しかしそれは、と丈一郎は信介に書状を渡した。歩きながら、文言を眼で追っていた信介が、やりきれないという顔をした。

「では、時太郎とその二名という可能性は高いな」

「おそらく、決まりだろう」

「つつじの時季にはこの辺りは、同心たちが畑に出払う。焔硝蔵の警備が手薄になるのを狙って来たのだろう。ところが、そこに田安家の家老がいた。これ幸いと人質にしたってわけか。なにか思いついたのか？　丈一郎」

おれはなにをすればいい、と信介が訊ねてきた。

「そうだな。銃は持ったが、まだ迷っている」

は？　と信介が呆れた声を出す。

「お前、一色さまを無事にお助けできるんだろうな」

「ともかく話をする。ただな、信介、ちょっと耳を貸してくれ」

おう、と一声上げて、丈一郎に近寄った。

信介は丈一郎の話を聞きながら、顔色を変えた。

「お前、そんなことができるのか？」

信介が不安げにいう。

「できるかできないかではない。やるしかないんだ。しくじれば、お前も同罪だろう。断ってくれても構わん」

　信介が、ふっと笑った。

「お前と幾年付きおうていると思っているのだ。おれは向こう見ずだが、お前は冷静で慎重だ。互いに家が取り潰されるなら、仕方ないさ。そうしたら植木屋にでもなろう」

「植木屋か。それもいいな」

「いや、取り潰しどころではないか。死罪かもしれんな。一緒に三途の川を渡るか」

　信介が丈一郎の背を思い切り叩いた。

「ま、任せておけ」

　信介は、力強くいうと、丈一郎とは別の方角に走り出した。

　信介の広い背中を見送りながら、丈一郎は力加減のできぬ奴だと、文句を垂れた。だが、泣きたいほど、嬉しかった。

　丈一郎が銃を肩に担ぎ、家族の元に戻ると、皆が一様に眼を剝いた。

「なにをする気です、丈一郎」

　広江が声を震わせる。

「一色さまをお助けするためです」

「丈一郎、一色さまの家士と中間が、こちらに戻られた」

徳右衛門はいくらか落ち着きを取り戻してはいたが、それでも背を丸めて床几に腰掛けていた。

丈一郎がつつじとつつじの株の間に眼をやると、みどりと市松が中間の手当てをしていた。その横で身を震わせている家士に新之丞は水を与えていた。

「一色さまはご無事なのですね」

丈一郎が訊ねると、家士は、はいと応えた。

だが、賊の三人は一色から大小を取り上げ、ひとりは依然として一色に匕首を向けているといった。

「殿が我らに行けといったのです。中間も傷を負うておりますし。礫どの。殿を、お助けくだされ」

「もちろん、そのつもりでおります」

丈一郎は家士のすがるような眼に、そういって返した。だが、そううまく行くだろうか。

丈一郎は、市松と新之丞を手招き、小声で話した。ふたりの顔に一瞬、怯えが走ったが、すぐに顔を引き締め、駆け出した。

「丈一郎、ふたりに何をいったのです」

「たいしたことではありません。他の同心に気づかれては大事になりますゆえ、見張りをと」

「まことですね。危ないことはないのですね」

「ありませぬ。私を信じてくだされ」

広江は疑いの眼を向けてきたが、丈一郎は構ってはいられなかった。すでに信介を走らせてある。あとは市松と新之丞がうまくやってくれればいい。

と、徳右衛門が顔を上げる。

「丈一郎、わしが行く。一色さまの身代わりになれば良い」

徳右衛門は、顔に悲壮な色を浮かべつつ、すっくと立ち上がった。

馬鹿をおっしゃいますな、と丈一郎が、いましも、身を翻そうとする徳右衛門の腕を取った。

「放せ、丈一郎。この恥辱は晴らさねば、気が収まらん。一色さまに申し訳が立たぬ。わしが一色さまの代わりになる。そして、あやつらを捕らえろ」

覚悟はできておる、と徳右衛門が低い声でいった。その顔はいつもの頑固で口うるさい徳右衛門だった。

「わかりました。共に参りましょう」

「お前さま」

広江が追いすがるような声を出した。

六

一色はあずまやの縁台に座らされていた。その隣には、男たちが立っている。ひとりは身体が大きく、まるで力士のようだ。もうひとりは細身で弱々しく見える。一色の首に切っ先を当てている者は色黒で精悍な顔だ。確かに身なりは悪くない。これでは油断するだろう。三人が、丈一郎と徳右衛門をみとめ、身構えた。

「お主らの望みはなんだ」

丈一郎が叫ぶ。

一色に切っ先を向ける若者が応えた。

「我らは、脆弱（ぜいじゃく）なる幕府に物申すため、社中を作りたり。このまま異国の要求を呑み続ければ、いずれはこの国は西欧諸国の属国に成り下がる。その前に、断固たる姿勢を貫くことを求める」

「それが、この愚挙か！」

他の者が捕らえられ、この社中がいかさまであることを、この者らはまだ知らない。

「貴様らは、ここがどこだか知っておるのか。鉄砲百人組組屋敷。我らは鉄砲組だぞ」

三人のうち細身の若者が顔を歪ませる。時太郎はどの男であろう。

と、色黒の男が笑った。

「だからこそ、ここに参ったのだ。蔵を開けろ！　我らが火を放つ」

火を放てば当然、大爆発だ。狙いは騒ぎを起こすことだけか。

「貴様らも命を落とすぞ」

丈一郎は叫んだ。命を粗末にすることが許せない。

「もとより承知の上だ！」と、色黒の男が喚くようにいった。

馬鹿者どもが、と徳右衛門が吐き捨てた。

あの中に、時太郎がいるのだ。

「時太郎という男はいるか」

丈一郎の声にぴくりとした二名が、左の細身の男を一瞬見た。

「なるほど、わかった。お前が時太郎だな」

丈一郎が声を張る。

「お前は人の笑顔を見るのが好きだそうだな。蔵を爆破して誰が心の底から笑えるのだ！」

「うるさい。おれは腐りかけた幕府に物申すのだ！」

時太郎が叫んだ。

と、徳右衛門が声を張り上げた。

「一色さまを放せ」

色黒の男は一色の首元に、刃をさらに近づけた。

一色が苦悶の表情をする。

「やめろ、一色さまの代わりにわしが人質になろう。今そちらへ行く」

徳右衛門が歩き出そうとすると、一色に刃を突きつけていた男が嘲笑う。

「田安家の家老であるから意味がある。年寄りの鉄砲同心は用無しだ」

むむ、と徳右衛門が唇を噛む。

「父上、どうやら無駄なようですな」

丈一郎は、腹に力を込め、大声でいい放った。

「一色さま。その三名は、幕府に弓引く者らでございます。どうか、お上のために、お覚悟くだされ」

三名の男たちが、慌て出す。

「どういうことだ。こいつを殺してもいいのか！」

時太郎が声を震わせ、必死な形相で叫んだ。

「田安家家老として、お上をお護りくださいますか？」

一色は、怪訝な顔を見せたが、すぐになにかを悟ったように深く頷いた。

「おお、丈一郎。遠慮するな。わしひとりの命でことが収まるならば、構わんぞ。好きにやるがよい」

「承知しました」

そのとき、つつじの花が、あちらこちらで揺れた。

男たちが困惑しながら、あたりをきょろきょろ見回す。

「皆の者、一色さまのお許しが出たぞ」

つつじの間から信介の鋭い声が響いた。

おう、と信介のいる場所とは反対側から声が上がる。信介と市松、新之丞には、つつじの間にひそみ、花木を揺らすよう丈一郎は伝えたのだ。同心が大勢いるように見せかけるためだ。

「もう貴様らは囲まれておる」

丈一郎は、鉄砲を構えた。距離は十間（約十八メートル）。

左手で銃床を支え、右頬に台かぶを引きつけ、右手の人指し指を引き金にかけた。火薬の匂いが丈一郎の鼻腔をつく。

徳右衛門が慌てて銃身を押さえた。

「丈一郎、なにをするつもりだ」

「退いてくだされ」

丈一郎は、徳右衛門を銃で押し退け、再び狙いを定めた。汗が噴き出す。

男たちは慌てふためき出した。

「馬鹿な。家老ごと撃ちやがるつもりか」

「悪いな。わしはつつじ見物に忍びで来たのだ。ここで死んだとて、皆が口を噤めばよいことだ」

一色が笑う。

「ふ、ふざけるな！　撃てるものなら撃ってみやがれ」

その刹那、「放て」と信介が大音声で叫んだ。

丈一郎は引き金を引いた。

夕暮れの空に銃声が響いた。その轟音に鳥たちが一斉に飛び立つ。

「うわあああ」

一色に刃を向けていた男の手首から先が弾け飛び、鮮血が噴き出した。

徳右衛門がいつものように、早朝、皆中稲荷神社へと向かった。庭に出ていた丈一郎はその背を見つつ、市松を呼んだ。

市松はなかなか姿を見せなかった。再び呼びかけると、ようやく縁側に出てきた。

「お祖父さまについて行け」

「父上が行くべきです」

市松がいった。

「なにゆえ、私が行かねばならぬのだ」

「父上が私を呼んだとき、母上がいうておりました。きっと、お祖父さまについて行けと父上がいうでしょうと」

みどりの奴。私の心の内が見えるのか。

「そうしたら、父上が行くべきだといっておやりなさいと。一色さまが、父上のお作りになったつつじを、ゆかりと名付けた意味を考えるようにと」

ゆかり——。縁は、えんとも読み、ゆかりとも読む。

丈一郎が交配したのは通常見なれたつつじとは花形と葉形が異なる種同士だった。一色がそう名付けたのは、きっと様々な縁を繋ぐという意味なのだろう。

時太郎と他の二名は捕縛された。時太郎には酷であったが、杉浦の書状を渡した。

時太郎は異国から江戸を守りたいという義気につけこまれて騙された悔しさに涙し、厳しく優しく父のように接してくれた杉浦に感謝を述べていたという。まだ裁きは出ていないが、三名の死罪は間違いない。

だが、この顚末を杉浦には伝えまいと思った。それが、杉浦にとってせめてもの救いであろうと考えたからだ。江戸から離れた荏原ならば、この一件は届くまい。

銃で人を撃った。丈一郎は悔恨を覚える。果たして正しかったのか、そうではなかったのか。右手を無くした男は一命をとりとめたが、死罪となれば、わずかに命を延ばしたに過ぎない。

市松が唇を引き結び、沈思する丈一郎の返答を待っている。

「わかった。私が行く」

丈一郎は、腰から手拭いを引き抜き、首元の汗を拭った。門から急いで出る。

徳右衛門の歩みは思いの外速かった。

いつやめたのだろう。幼い頃、いつも父の後を追いかけていた。先を行く父の背は大きかった。だが、それが次第に変わっていった。

父の背丈を抜き、手足も丈一郎の方が長くなった。肩幅も広くなった。

いつからだろう。父をすべて追い越したと思ったのは。

父は童のようだった。

「お前にはまだ負けん」と、庭で相撲を取った。柔術を修めている丈一郎は徳右衛門を投げ飛ばすことなど造作もない。だから力を抜いてやった。だが父は丈一郎を転がすたびに高笑いした。それは、手加減してやっているからだと、丈一郎はどこかで父を侮っていたのかもしれない。

歳を取る。それは人として仕方のないことだ。衰えるのも当然だ。それを認めず、あがき続ける父をどこかで笑って見ていたともいえる。

だが違う。

父は父であってほしいのだ。いつまでも虚勢を張り、小言をいい、嫌味をいう父であってほしいと願っている。

男同士とは不思議なものだ。いつかは、身体も力も息子に及ばなくなる。市松もきっとそうだろう。父と息子であるのに、敵でもある。母親と娘とは違うのだろう。男は見栄っ張りで、真っ正直で、馬鹿だからかもしれない。

いつまでも、強くありたい、頂に座っていたいと思う。

父親と息子。男と男。縁とは不思議なものだ。

皆中稲荷神社の境内は、清浄な気に満ちていた。

丈一郎は鳥居をくぐり、大きく息を吸った。生気が身体中にめぐるようだ。

徳右衛門が、社殿に詣でていた。手を合わせ、じっと動かずにいる。何を祈っているのだろう。

丈一郎はそっと近づき、柏手を打った。

「父上、随分と願い事がありますな」

徳右衛門が、首を回し、眼を見開く。

「ふん、珍しい男に会うたものよ」

「そうですね。何年ぶりでしょうか、こうして並んで、詣でるのは」

「三名の者たちとお前のことを祈っていた」

徳右衛門は唐突にいった。

「わしは人に向けて銃を撃ったことはない。泰平の世に必要がないからだ。お前は賊を撃ったことを苦しんでおる。しかし、あれは必要だったのだ。悔やむな。刀も銃も人を傷つける。それがいつ何時、己に跳ね返ってくるやもしれん。わしらは、戦場では足軽身分よ。それだけは肝に銘じなければな」

そう穏やかにいった。

「あの場でわしは引き金を引けたかどうかわからん。そうした迷いがあっては鉄砲同心といえぬかもな」

徳右衛門がふと微笑む。

「で、ゆかりは、売れたか」

「一色さまのおかげで。いい値がつきました。来年も咲かせることができましょう」

徳右衛門が黙った。

丈一郎も口を噤む。

木洩れ日が地面に光の輪を作る。

鳥のさえずりが聞こえる。

「なあ、丈一郎。わしは――隠」

「父上、私は来年もゆかりを咲かせることしか考えておりませんよ。新しいつつじも作りませんとなりませんし」

父上が同心を続けてくれなければ、つつじ栽培に熱中することもできませんからね、と続けた。

徳右衛門は、まだわしが勤めねばならんのか、と呟いた。

倅に情けを掛けられたことが悔しくも、再び己を奮い立たせるような呟きだった。

徳右衛門が目蓋をきつく閉じた。

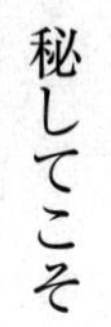

秘してこそ

一

大久保百人町を鮮やかに彩っていたつつじの花も、いまは遅咲きのものが細々と咲いているだけだ。見物人もめっきり減って、つつじの鉢植えの売れ行きもそこそこになってきた。

しかし、花の時季が終わってからの手入れがなかなかに忙しい。

丈一郎は、大ばさみを手に刈り込みと剪定を行っていた。花の最盛時にも当然枝葉が伸びるので、樹形が乱れてしまう。伸びてしまった枝葉を刈り取り、また確かな剪定を行うことによって、来年の花付きが良くなるのだ。

さらに、肥もたっぷりと与える。

花を咲かせるのは、次代に種を残すためである。それは、人の眼を楽しませるためではない。人はそうした草花の恩恵に与(あずか)っているに過ぎない。つつじだけでなく草木はみなそうなのであろう。

生きてゆくために、次に繋いでいくために力を蓄え、自らの力を出し切って花を咲かせる。

丈一郎はそれを考えると、草木たちの健気さに感動する。たまたま、百人町に生まれ、生計の足しに育てているとはいえ、つつじに魅入られた丈一郎は、この時季に与える肥をお礼肥と呼んでいる。

花を咲かせ終わったつつじたちに、礼をいいながら肥を施しているのだ。

隣家に住む幼馴染の信介は、ぶつぶついいながら肥を与えている丈一郎を気味悪く思っている。

「まず丁寧に感謝をして、来年も頼むぞ、と話しかけるのだ。不思議とつつじもそれに応えてくれる。お前もやってみるといい」

そう告げると、「馬鹿馬鹿しい。おれは御免だ」と、信介はやはり変わり者を見るような眼を向けて来る。

だが、そういう信介も肥を与えるときは、愛しそうな顔をしているのがおかしい。

生を繋ぐ――そのために力を溜める。それは人も植物も変わりがないと思う。

人も力を出し尽くさなければならない時が必ずある。それは生活のごくごく瑣末なことから、過日のように否応なしに鉄砲を撃たねばいけない事態に遭遇することもある。

田安徳川家家老の一色直安が賊に捕らえられたのを救うために、丈一郎は初めて人に向けて弾を撃ち放った。賊の手首を砕いたが、正直なところ一色に当たらずによかったと胸を撫で下ろした。ただし、一色は賊の血飛沫(ちしぶき)を浴びてしまった。

あの騒ぎが収束した後日、徳右衛門とともに代々木村にある一色の屋敷へと謝罪に行った。やむをえない事だったとはいえ、一色に銃口を向けたのだ。

「鉄砲同心の家に生まれた丈一郎の腕を信用してはいたが、いやぁ冷汗をかいた。弾丸の圧のせいでまだ耳がおかしい」

と冗談めかしていっていた。が、その言葉を聞いて背筋が凍った。

元服後すぐから角場での修練は続けている。だが、木の的と人相手ではまったく異なった。夢中だった。ともかく一色を救うという思いだけで放った。その一心に尽きる。それが天に通じたのだろうと思っている。

撃ち放った後は、胸にぽかっと穴が開いたようになり、さらに膝ががくがく震えた。銃身の重さに耐えかねて、ついつい父徳右衛門の銃を杖代わりにしてしまった。己の身を支えることもできなかった。その衝撃、轟音――。

丈一郎はつつじ畑を見回しながら、やはりここはなんと対極的な場所であろうかと思う。

一方では人の命を奪う鉄砲の修練をし、もう一方では人々を楽しませる花畑を作っている。

この矛盾に満ちた場所にいると、どちらかはっきりできないものかと思ってしまう。けれど、皮肉なことに鉄砲隊であるからこそ、この細長く広い土地を与えられている。だからここをつつじ畑にできる。もしも、有事の際、攻め込まれることがあったとしたら、つつじの時季がよい。一面に咲き乱れる花々を眼にしたら、敵の猛々しい気持ちも収まるのではないかという気さえする。

ははは、と丈一郎は空笑いしつつ、枝を剪る。

そうだ鉢の植え替えもせねばならない。売り物としての鉢植えも、これからもっと暖かくなると、当然生長するためだ。成長した子が窮屈な衣装を着ていられないのと同じだ。

一色が『ゆかり』と命名してくれた交雑種の株分けもしなければならない。来年はより多くの人々に鉢植えを売ろうと考えている。

やれ忙しい、と呟きながらも丈一郎はまったく苦にしていない己に気づいている。

「丈一郎、丈一郎」

母の広江が呼びかけてきた。はさみを振るう手を止め、振り返った途端、眼を見開いた。

薄紅色の単衣に、滅多に締めたことのない西陣織の帯を着けている。一体どうしたことであろう、と丈一郎は首を傾げた。

「なにをしているのです。そろそろ参りますよ。早う朝餉をとり、身支度をなさい」

「身支度、とは？」

丈一郎が声を張ると、広江は眉間に皺を寄せた。

「昨夜も伝えたではありませぬか。今日は鉄太郎さんの嫡男の元服祝いですよ」

「あ」

そうだった。鉄太郎は、母の実兄である常滑錦之助の倅だ。礫家は伊賀組に与しているが、常滑家は甲賀組と、組は異なるが同じ鉄砲同心を務めている。鉄太郎の息子鉄蔵は今年十五になり、吉日を選んで元服の儀を終え、鉄郎と名を改めた。

今日はその御披露目を兼ねて、親戚を招いた宴席だった。礫家からは、父の徳右衛門と広江、そして丈一郎の三名が赴くことになっている。

なるほど、それで母は一番高価な帯をこのときとばかりに締めたというわけか。

実は、礫家と常滑家はあまり行き来をしていない。慶弔のときには、他の親戚の手前、参加するが、盆暮れ正月はほぼ無視している。

せいぜい広江が実父母の命日に出かけるくらいだ。それは、徳右衛門と錦之助の仲がよろしくないからで、どのような行き違いがあったのか、その原因までは丈一郎も知らない。幾つの時であったか一度だけ、徳右衛門に訊ねたことがあった。すると、父は、

「我が家は伊賀忍の流れをくむ。常滑は甲賀忍だ。伊賀と甲賀だぞ。それで自ずと知れるであろうが」

そういって、ぷいと横を向いた。

伊賀には服部半蔵や百地三太夫といった忍びの者がいたと伝えられている。江戸城にある半蔵門はその服部半蔵の名に由来するといわれる。伊賀と甲賀が同じ忍びの者としてさほどに敵対していたかどうかは、よくわからない。忍びが諜報活動をし、活躍していたのは、東照大権現徳川家康が江戸幕府を開く以前。武将たちが群雄割拠していた頃だ。かれこれ二百四十年ほど前である。ただ、伊賀は依頼された者のために働き、依頼によっては仕える相手を変える。つまり傭兵として働いたのである。

他方、甲賀は基本一人の武将のために働いた。その考え方の相違はたしかにある。鉄砲百人組には根来衆の子孫もいるが、兎にも角にも、いまは同じ百人組である。万が一、伊賀と甲賀とが未だに互いをよく思っていないのなら、父徳右衛門と母広江の婚儀もなかったであろうと思うのだ。

おそらく、徳右衛門が勝手な理由をつけているのであろう。

おかげで、五つ歳上の従兄である鉄太郎とは幼い頃にしか遊んだことがない。あとは互いの祝言のときに会ったくらいだ。鉄太郎は当然家督を継いでいるので、今は常滑家の当主だ。はてさて、宴席が無事に済めばよいのだが、と丈一郎は願う。

う。

　まあ、他の親戚もいるのだから、顔を突き合わせても、面倒なことにはならないだろ

　丈一郎は、広江にすぐに支度をすると返事をして、着けていた笠を取った。

　祖母の登代乃が杖をついて、丈一郎が着替えをしている座敷に入って来た。

「お祖母さま、どうなさいました？」

　着替えを手伝っていた妻のみどりが声を掛ける。

「いえね、常滑さんのお祝いに行くのなら、伝えておいたほうがいいと思ってね」

　よいしょ、と登代乃が腰を下ろした。

「何でしょうか？　私に伝えたいこととは」

　丈一郎は袴を着けながら問う。今日の祖母は、眼に光があり、表情もきりりとしてい

る。物忘れは少し前からあったが、この頃は頭に霞がかかったようになり、家族の顔も

見分けられなくなることもある。そのため、母は外出を控えさせているようだ。

　昨年まで、声を上げ、つつじの鉢植え売りを手伝ってくれていた。歳を重ね、徐々に

その身が衰えていくのかと思っていたが、そうではないらしい。見る間に、弱っていく。

それがどんどん速くなっている気がする。

　けれど、登代乃は息子である徳右衛門に対してはまだまだ絶大な威勢を誇る存在なの

だ。多少の健忘などなんのその。祖母の長生を皆一丸となって祈っているのだ。

「お祖母さま、もうすぐ終わりますので、少々お待ちくださいませね」

はいはい、と登代乃はにこにこしながらいった。

みどりが羽織を掛け、丈一郎は袖に腕を通し、紐を結んだ。

「立派だねぇ、丈一郎」

と、登代乃が眼を細め、我が孫を見上げる。

「恐れ入ります。お待たせいたしました、お祖母さま。お話を伺いましょう」

丈一郎は袴の裾を整えてかしこまる。

みどりが座敷を出て行こうとしたが、

「いいわよ。あなたもここにいらっしゃいな」

「ですが、お義母さまのお里と礫家のことであれば、わたくしは」

「なにをいっているの。あなたも礫の家の者でしょう」

丈一郎はみどりに無言で頷きかける。みどりは、丈一郎から少し控えたところに座った。

「さて、どこから話したらよいものかしらねぇ」

と、登代乃はしばし遠い眼をしてから口を開いた。

二

「――ということで、礫家と常滑家はそれ以来、お付き合いをしなくなったのです。広江にはほんとに気の毒なことではありますが」

登代乃は話を終えると、にこりと笑った。目尻の皺が深くなる。

いやまったく驚いた、というより二の句が継げなかった。みどりはみどりで笑いを懸命に押し殺しているのが気配でわかる。

まさか、礫と常滑、というより父徳右衛門と伯父(おじ)の錦之助の間に亀裂が入り、修復せぬまま三十年が過ぎていようとは。

伯父もそこそこ頑固者と聞いてはいたが、これは徳右衛門といい勝負ではないか。

いやいや、それどころか、ふたりの諍(いさか)いの原因が己にあったなどとは思いもよらなかった――。

「そうなのですよ、丈一郎。お前があのとき余計なことをしなければ」

登代乃は、大きく息を吐く。思わず丈一郎は身を乗り出した。

「そう申されても、私がそのようなことを覚えているはずもありませんよ。よちよち歩きの赤子ではございませんか」

と、登代乃に当たったところで詮無いことだが、つい口をついて出た。

登代乃は丈一郎の必死な形相を見て、

「ほほほ。お前のせいだけれど、赤子のお前には何の罪もございません。悪いのは、徳右衛門と広江の兄上ですよ。まったくふたりとも度量が狭い」

さらりといい放った。

「お祖母さま、なにゆえこれまでお話ししてはくださらなかったのか。いくらでも機会はあったはず。なにも本日、この場でなくても」

丈一郎は語気を強めた。そうなのだ。なにゆえ登代乃は今話したのか。

登代乃はきょとんとした表情をしたが、

「だって、すっかり忘れていたんですもの。礫と常滑は犬猿の仲というのが親戚中でも当たり前になっておりましたからねぇ。でも、今日元服の祝いがあると聞いて、ふと思い出したの。あら、これはいっておかなくちゃって」

うふふ、と若い娘のような含み笑いを洩らした。

はあああ、なにも今日思い出さずともよかろうに。丈一郎は胸の内でため息を吐く。

「では、わたくしはこれで。本日の宴席ではお気をつけなさいね。丈一郎、あなたが火種にならぬようにね」

みどり、手を貸して、と登代乃がいうと、みどりはすぐさま立ち上がった。登代乃の杖を取り、その身を支えた。

「あ、そうそう」

登代乃がみどりとともに座敷を出る手前で振り返った。

「まだ、何かございますのか?」

丈一郎は少しばかり不機嫌にいった。

「一色さまから頂戴したつつじの名は、ほんにいい名でございましたね」

「ええ、まったくです。常連の者たちにも評判がよかったので、来年は鉢植えを増やすつもりでおりますよ。それだけですか?」

「ええ。つつじはようございますね。来年も再来年も花を継いでいくのでしょう」

「そのために日夜手入れをしておるのです」

ほほほ、精をお出しなされ、と登代乃はいいながら去って行った。

まったくお祖母さまは何をいいたいのだ。

ほほほ、ではない。

丈一郎は腕組みをして、考え込んだ。まさか両家の諍いの元が己であったとは――。

そのことで頭は一杯だった。

伊賀も甲賀もかかわりはなかったのだ。

これはどうしたらよいものか。三十年に亘(わた)るいがみ合いだ。そっとしておくのが得策ではなかろうか。いまさら、仲良く手を取り合うというのも妙ではないか。

「お前さま」

みどりが、祖母を自室まで連れて行って戻って来た。

「お前さまが仲違(なかたが)いの原因であったとは、驚きました」

みどりはさも感心したようにいったが、口元をひくひくさせているところを見ると、懸命に笑いを堪えているに違いない。

むう。

と、丈一郎は唸る。

「宴席はどちらで?」

「内藤新宿の『的矢(まとや)』だ。我ら百人組が贔屓(ひいき)にしている料理屋だ。的の中心に矢が突き刺さっている看板だからな」

「あら。信介さんがお気に入りの小女(こおんな)がいるところではございませんか?」

「滅多なことは申すな。的矢ではなく、それは『矢羽(やばね)』だよ。矢羽は居酒屋だ」

「あら、やはりお気に入りがいらっしゃるのですね」

「そうではない。ちょっとばかり愛らしい娘だといっていただけだ。信介の妻女にいってはならんぞ」

わかっております、とみどりは、くすくす笑う。

「それにしても、せっかくのお祝いですから、和やかにお過ごしくださいませね」

そう願いたいものだ、と丈一郎は立ち上がった。


徳右衛門、丈一郎が並んで歩き、その後ろから広江がゆっくりとついて来る。

内藤新宿の通りに出るまで、町家はなく左右はほとんどが百人組の者たちの屋敷が建ち並んでいる。

陽は中天にあり、そろそろ昼九ツを告げる鐘の音が響き渡る頃だ。つつじが終われば梅雨に入るが、本日はまさに夏の盛りという陽気だった。

「早いものですね。鉄太郎さんの倅が元服ですか」

丈一郎がいったが、徳右衛門は、

「そりゃ年を経れば、元服もするわ。市松とてあっという間よ」

ぶっきらぼうにいう。

そうですね、と丈一郎は応えて苦笑した。

「ま、義兄上は、鉄郎の烏帽子親を組頭さまに頼んだらしいが、礫は違うぞ」

徳右衛門は鼻をうごめかせた。まさかとは思ったが、果たして徳右衛門の口から出たのは、

「一色さまよ」

その名だった。

「父上。一色さまは将軍家御三卿田安家の家老ですぞ。たかが鉄砲組同心の子の烏帽子親をお願いするのはいささか僭上かと思いますが」

「なにをいう。一色さまのお命を救ったのはお前だぞ」

徳右衛門は丈一郎をじろりと見て、にやりと笑った。

「知っておるか？　あの一件でお前の評判はうなぎ登りだ。つつじ栽培にかまけているだけの腑抜けと思っていたが、一色さまの首元に匕首を当てていた賊の手首を一発で吹き飛ばした。銃の腕もたしか、度胸もなまなかのものではない。さすがは徳右衛門どのの息子だと」

そこか。それをいいたかったのだろう。丈一郎は呆れた。

「先日はな、根来組と二十五騎組の組頭さまに声を掛けられた。うちの組にもそうした射撃手が欲しいとな。きっとこの話は甲賀組の組頭さまにも伝わっておろう」

わははは、常滑の義兄上の悔しそうな顔が眼に浮かぶようだわ、と声を張り上げた。

通りすがりの棒手振りがその大声に驚いて足を止めた。

気になって振り向くと、母の広江が眼を伏せて歩いていた。

「父上。その話はもうやめましょう。宴席でもしないようにしてくださいよ」

むむ、と徳右衛門が唇をへの字に曲げた。

「いいですか、本日は常滑家の元服祝いなのですからね」

丈一郎が念を押すと、

「お前は世の中のことが何もわかっておらぬ。つつじ畑に年がら年中いるせいだ。よいか、わしらがいわんでも親戚のいずれかが、必ずこの話を始める。それが人情というものだ」

徳右衛門は負けじといい返してきた。

「わかりました。よしんば誰かが口火を切ったとしても、私が火消しに走ります。そうでないと、宴席がぶち壊しになりますぞ」

丈一郎が声を荒らげると、徳右衛門が首を傾げた。

「お前、どうした？　何をそのように懸命になっておる。さては、みどりあたりから、何か吹き込まれたか？」

何をおっしゃいますやら、と丈一郎は返した。

「ただ、鉄太郎さんの倅の元服祝いだからです。近頃は法事ぐらいでしか親戚も集まらない。せっかくのお祝いです。和やかに波風立たせることなく済ませたいと思っているだけですよ」

何といっても、常滑家が主役なのですからね、大切な元服の祝いに水を差すことは断じてなりません、と丈一郎は強い口調でいい放った。

おかしい、と徳右衛門がひとりごちる。

「やはり、お前は、何かいわれたに違いない。ん？　ん？　どうじゃ。みどりに何をいわれた？　ああ？」

徳右衛門は丈一郎の顔を覗き込んで来る。

「何もいわれておりません」

丈一郎は我が父を横目で見る。徳右衛門は拗ねたように唇を突き出した。

まったく童のような父親だ。礫家の自慢話で座が盛り上がれば、常滑家が気を悪くすることぐらいわかるだろうに。

母の広江も里に対して肩身が狭いに違いないのだ。ともかく、あの話が出そうになったら、力ずくでも止めなければ、丈一郎はそう心に誓った。広江に眼を向けると、やはりどこか優れない顔色をしていた。

三

『的矢』は黒塀を巡らせたなかなか洒落（しゃれ）た店だ。石畳には水が打ってあり、一歩足を踏み入れただけで、涼やかな心地となる。

仲居の案内で、座敷に通されると、すでに親戚一同が座していた。ほとんどが常滑家の縁続きの者たちと、甲賀組の与力同心といった面々だ。

母の広江は、三男三女の末娘だった。座敷に入るなり、兄、姉、その連れ合いに会釈をしている。

徳右衛門が丈一郎に身を寄せて来ると、小声でいった。

「礫家は見事に下座だな。まあ、仕方ないが。それにしても四十ほどはおるかの。傘張り同心のくせに随分張り込んだものだ」

「父上」

丈一郎は徳右衛門をたしなめた。ふん、と徳右衛門は顎を上げた。甲賀組の同心らの内職は傘張りだ。

上座には甲賀組の組頭夫婦。そして、元服を済ませた鉄郎は、まだ剃り落としたばかりの月代が初々しく、袴に肩衣、立派な青年武士だった。

久しぶりに顔を見たが、本当に大人びた。市松もああして変わっていくのだろうと感慨深く思った。

「大変お待たせいたしまして、誠に申し訳もございません」

広江が手をつき、詫びをいう。

「構わん。よく来てくれたな。今日は鉄郎を祝ってやってくれ」

広江の兄で、鉄郎の祖父にあたる錦之助が大声でいった。

「礫家は、百人町でも端の方であるからな。遅れるのは承知していた」

錦之助の嫌味に、徳右衛門がぴくりと反応した。丈一郎がそれに気づいて、父の袖を引く。

「伯父上、鉄太郎さん、この度はおめでとうございます。立派な跡取りができて、常滑家も安泰でございますすな」

鉄郎もりりしいぞ、と声を掛けた。鉄郎はしっかりした声で「かたじけのうございます」と頭を下げた。

「丈一郎。まあ、堅苦しい挨拶はなしだ」

鉄太郎がにこにことしていった。が、徳右衛門と己の父をちらりと見た。鉄太郎もこの宴が穏便に済むことを願っているのだろう。思いを同じくする味方は心強い。

酒が注がれ、料理に箸をつけ、皆、和気あいあいと隣同士、向かい同士で話が弾む。

このまま和やかに宴が過ぎてくれそうだと丈一郎は思っていたが、「広江」と、上座から錦之助の声が飛んで来た。

広江が箸を止めると、

「徳右衛門は未だに同心にしがみついているそうではないか。そろそろお前から引導を渡してやったらどうだ」

にやにやしながら、いった。

甲賀組の組頭も、眼を丸くして、

「ほう、そなたが礫徳右衛門か。噂（うわさ）はかねがね聞いておるぞ。五十の半ばを過ぎてまだ隠居せぬ者がおるとな」

酒をあおると、ははは と笑った。

徳右衛門がぎろりと、錦之助へ視線を向ける。

「どうしたどうした。そのような恐ろしい眼をするな。警護の間に居眠りをしている者が伊賀組にいるというが、まさか徳右衛門ではあるまいな」

徳右衛門が膳の上に盃を叩きつけるように置いた。まだ残っていた酒がこぼれる。

「ほう、それがしだとしたなら義兄上はどう思われますかな」

押し殺したような声で徳右衛門がいう。

錦之助は顔を強張らせつつ、

「認めるのか？ 鉄砲同心のお役目は警護であろうが。もういい歳なのだ。丈一郎に家督を継がせて隠居すればよい」

そういい放ち、周囲に同意を求めるように目配せした。

「お言葉ですが、父は組の者たちの手本となり、慕われてもおりますゆえ、仕方なく続けているのでございます」

居眠りだのいい歳だの容赦なく浴びせてくる錦之助にいささか腹が立った。丈一郎は思わず口を開いていた。

「手本だ？　慕われておる？　先日の一件で、徳右衛門はなにもせなんだそうじゃないか。田安家のご家老を人質に取られ、丈一郎の一発で事なきを得た。組頭さまたちの間では、隠居をさせるべきだといわれておるのを知らんはずはなかろう？」

丈一郎は、思わず徳右衛門を見た。徳右衛門が腿の上で拳を握り締めていた。

まさか、そのような話があったとは。

すると、徳右衛門が拳を緩めて、高らかに笑いだした。

「それは参りましたなぁ。老体は去れということでありましょう。しかし、義兄上が早々と隠居なさったのは、角場で一発も的を射ることができなかったからだと伺っておりますが。もっとも、甲賀忍は薬やらお守りやらを売り歩いていたらしいですからなぁ。伊賀忍のように戦に出るようなこともなかったからでしょう」

「お前、まだそのようなくだらぬことをいうか！」

錦之助が顔を真っ赤にして立ち上がりかけた。周りの者たちが、まあまあとなだめ始める。

錦之助は、むっとして仕方なく座った。

「父上。鉄郎の祝いですぞ。妙ないい合いはおやめくだされ」

わかっておる、だがあやつの面を見ると、どうもひと言いいたくなるんだ、と息子の鉄太郎に吐き捨てた。

「それは、こっちも同じよ」

徳右衛門の呟きともつかぬ声に、再び錦之助がいきり立った。

「だいたいな、お前のところに広江を嫁にやるのが気に食わなかったのだ。わしはな、広江の親代わりなのだ」

そういえば、母は、十三の時にふた親を続けて亡くしたと聞いていた。

「なぜ婿がお前だったのか、広江がなぜ応じたのか、今もってわからん」

頑固で意地っ張りで、大言壮語の上に喧嘩っ早い。

「親戚付き合いはいい加減。ああいえばこういい、自分勝手で、いいところなんぞ、ひとつもないではないか」

錦之助はこれまで溜めていたのか、一気に吐き出した。

「もう何年、苦労しているのだ」

「父上、おやめください。これ、鉄郎も泣くな！」

元服したばかりの鉄郎が目元を腕でこすっている。それはそうだ。自分の祝いが祖父と大叔父のおかげで台無しになったのだ。

法事だろうと何だろうと、口喧嘩は必ずしている。親戚の者たちはもう慣れっこだ。

初めはふたりをなだめたものの、ふたりが止まらないとなれば、腫れ物に触れないようにと料理をひたすら口に運び、小声で会話をしながらやり過ごそうとしている。

組頭と甲賀組の同心たちは、呆れ顔で成り行きを見守っている。見守らずに止めてほしいのだがと丈一郎は願った。

「ともかく、伯父上。ここはその、抑えてくださいませんか。せっかくの祝いの席ですから」

丈一郎が立ち上がると、錦之助が顔を歪めた。

「丈一郎、わしをたしなめる前に、己の父親の性根を何とかしたらどうだ。我が家の祝いの席でいいたいことを吐かしおって。黙らせろ」

広江、お前には散々いったはずだ。そんな男では苦労するとな、と錦之助はいった。

それまで黙っていた広江がすっと顔を上げ、錦之助を睨めつける。

「兄上こそ、お黙りくださいませ！」

凛としたその声音に、座敷内が静まり返った。

四

響き渡った広江の声に、ある者は箸を止め、ある者は椀を持ったままぽかんと口を開け、ある者は隣に銚子を差し出そうとした手を引っ込めた。むろん、話し声もやんだ。

居並ぶ親戚と上役が皆、身体を強張らせる。

驚いた。

母の広江がこんなにも険しく、厳しい声を出したのを、丈一郎はこれまで聞いたことがなかった。

なんといっても、その中で頭抜けて間抜け面をしていたのは、錦之助と徳右衛門であった。

ふたりともに、眼をぱちくりさせ、口を半開きにしたまま固まっている。まるで、見世物小屋の生人形のようだ。

続けて、広江が口を開いた。

「わたくしを育ててくださった兄上のことは父のように思っております。されど、徳右衛門は我が夫。女子は、幼き頃は親に従い、嫁しては夫に従い、老いては子に従えと申します。今、わたくしにとって、従うべきは夫徳右衛門」

その夫を愚弄する言葉の数々にわたくしは我慢がなりませぬ、とぴしゃりといった。

祝いの場は、さらに凍りついたように静かになった。

「しかし、お前さまもお前さまです。義兄に向かって罵詈雑言の嵐。捨て置けませぬ」

徳右衛門が、「こら待て、広江」と声を上げた。

「お前はどちらの味方だ」

「どちらの味方？　愚問でございましょう。夫は夫。兄は兄。天秤にかけるような真似をわたくしはいたしませぬ」

広江は薄く笑い、そういい切った。

丈一郎は、まったくもって仰天した。母はこんなにも雄弁で毅然とした物言いをする女子だったのか。いつも義母登代乃の陰に隠れ、嫁のみどりの勢いに押され、するするとその場を逃れ、見て見ぬ振りをする術に長けているとばかり思っていたが。

もっとも広江が、さりげなく皮肉を投げつける登代乃と、気が強いみどりの向こうを張っていたら、礫家は混乱の坩堝。母がよい意味で家をまあるく収めていたのかもしれない。

「ともかく、本日は鉄郎さんの元服祝い。そのおめでたい宴を乱すような夫も兄もこの場にふさわしくございません」

母上、これ以上は、と丈一郎が小声でたしなめ、母の袂を引いたが、広江はへっちゃらな顔をしていた。

その言葉に、徳右衛門と錦之助が、憮然としながら、ふたり同時にいった。

「我らに出て行けというのか！」

広江は、兄と夫の狼狽ぶりに、

「随分気が合うておられますこと」

そういって、ほほほ、と身を折り笑ってみせると、再び背筋をピンと伸ばした。

「ええ、おふたりのおっしゃる通りでございます」

座敷が騒然とした。いつもは控えめな広江さんがあのような物言いを、妻が夫にいうことか、とこそこそ親戚たちが話すのが聞こえた。だが、広江は泰然としていた。

と、鉄太郎が丈一郎に目配せをしてきた。丈一郎はそれに気付いて、ふたり同時に立ち上がった。

「御免くだされ、父上」

鉄太郎と丈一郎は、同時にいって互いの父親を力ずくで座敷から廊下へと連れ出した。すると、徳右衛門はその場にどかりと座り込んだ。これ以上はテコでも動かぬといわんばかりだ。

ふたりがいなくなった座敷から障子を通して、穏やかに談笑する声が聞こえてきた。

「それ聞こえたか」

錦之助が座る徳右衛門を蔑むように見下ろし、

「あの、おとなしくて素直な広江がなぜにお前のような者と。三十年以上、よくも連れ添っていると、わしは感心を通り越し、ほとほと呆れ返っているのだ」

嘆くようにいう。と、

「ふん、どこの義兄上でしたかな。末娘の広江は早くにふた親を亡くし、甘やかして育てたせいか、融通も利かぬ、気も利かぬ女子だが、末長くよろしくお願いするといっていたのは。わしは、その約定をしっかり守っているではないか。どこに不満があるのやら」

すかさず、徳右衛門もやり返した。

駄目だ、駄目だ。一緒にいたら止まることがない。鉄太郎もふたりの応酬を困り果てた顔で見ている。

「あら、何かございましたか？　常滑さま」

向こうから歩いて来たのは女将(おかみ)だ。廊下で胡座(あぐら)をかいている徳右衛門に怪訝な顔を向ける。が、すぐに鉄太郎へ、

「あの、お酒は足りておりますでしょうか？」

と愛想笑いを浮かべた。

「うん、そうだな。急いで追加を頼む」

と、鉄太郎も作り笑いを浮かべる。この場から一刻も早く女将に立ち去ってもらいたいようだ。もちろん丈一郎も同じ思いだ。この四人の有様が女将の眼にどう映っているのか、顔から火が出そうだ。

「承知いたしました。あの常滑さま」

女将は、鉄太郎に近づきなにやら囁くと身を翻した。

鉄太郎が苦々しい表情で父親ふたりを見る。

「女将に何かいわれたのですか?」

丈一郎がそっと訊ねると、

「うむ。酔いがひどいようであるなら、別座敷を用意したほうがいいかと。まあ、女将の気遣いであろうが」

鉄太郎が吐息を洩らす。

「でしょうな。ですが、それには及びませぬ。父を帰らせればよいことですから」

「それは、私も同感だが」

鉄太郎が父の錦之助を見据えた。錦之助も徳右衛門も互いに眼を合わせぬようあらぬ方向を見ている。

ただ、と丈一郎はためらいがちに呟いた。このままでよいのかという思いが急激に湧き上がってきたのだ。父親ふたりを家に戻し、自分たちが宴に戻れば済むことではある。けれど、常滑と磔の仲違いは続くのだ。

父親たちとて、あまりに長い年月を経ているために、修復させるきっかけを逸してしまっているのではないか。どこかで後悔しているのではないか。

そう、両家の間にひびを入れたのは、私なのだ。私には、その亀裂を埋める責任があるのではないか。

私に、祖母の登代乃が本当に告げたかったのは――。

うむ、と丈一郎は腹をくくった。

「どうした？　丈一郎」

丈一郎は鉄太郎へ真っ直ぐに顔を向けた。

「鉄太郎さんにお許しいただけるのであれば、この場で、かつての私の粗相をお詫びしたいのですが」

「なにをいっているのだ。丈一郎になんの粗相があったというのだ。詫びとはなんだ。わけがわからぬぞ」

鉄太郎が眼をしばたたいた。

父親たちは不機嫌な顔で黙していたが、

「いい加減にわしは座敷に戻るぞ。徳右衛門ひとりが屋敷に帰ればいいだけのこと。孫の鉄郎の祝いに祖父がいなくては恰好（かっこう）がつかん。それに礫家など最早（もはや）親戚とも思っておらぬ」

と、錦之助が先にいい放ち、座敷に戻ろうとした。

「伯父上、お待ちくだされ」

丈一郎が錦之助の前に立ちはだかった。

「赤子の頃、私はお屋敷の庭で伯父上が丹精込めてお作りになったつつじの花を摘み、その蜜を吸い――」

徳右衛門の顔色が変わった。

「それを誰から聞いたのだ」

「お祖母さまです」

丈一郎は応えた。

つつじの蜜が薄甘いのはよく知られている。

「それによって両家に亀裂が入ったと」

「待て、丈一郎。それはおれが――いや、ここでその話は」

丈一郎の話を慌ててさえぎった鉄太郎は、一考するや、やはり女将に座敷を借りよう、そうすべきだと身を翻した。

五

女将はすぐに離れの小部屋に案内してくれた。

離れは、小さいがよく手入れされている庭に面していた。常緑の松がいっそう色濃く輝き、微風がつつじの緑葉を揺らしている。

あの葉形は、サタツツジか。丸みがあり、光沢もある。それにしても、つつじとは赤子の頃から縁があったのだと思わずにいられなかった。

父親ふたりは相変わらずだった。むすっとした表情を崩さず、互いに背中合わせに座って、仲居が運んできた新たな膳の肴には眼もくれず酒をぐいぐいと競うかのように呑んでいる。

まあ、口を開いて双方貶し合いをするよりはましか。

丈一郎は息を洩らして、瓜の漬物を口に入れた。これ以上、騒ぐようなら、ふたりとも投げ飛ばしてしまいたいくらいだ。

宴の様子を見に行った鉄太郎が戻って来た。

「我々が不在なほうが和やかだ。叔母上も嬉しそうに、話に花を咲かせていたよ」

そうですか、と丈一郎は頷く。

父親ふたりは聞いているのかいないのか、どうでもよいという顔をしている。

「父上、伯父上」

「なんだ、丈一郎」と、同時に首を回し、同時に返答をして、同時に顔をそむけた。

広江ではないが、まことは気が合っているのではないかと思える節もあるな、と丈一郎は心の内で苦笑する。

「あらためて申し上げます。この三十年にも亘る両家の諍いが、私の起こしたことが発端であるならば、伯父上、何卒、お許しをいただきたいと伏してお願いいたしまする」

丈一郎は、横を向いている錦之助に頭を下げた。

「丈一郎、あれは私のせいでもある。私が赤子のお前を誘い、庭に咲いていた花をすべてむしり取らせてしまった。赤子のしたことだ。お前はなにも悪くはないのだ」

鉄太郎が、顔を上げろといった。

「いいえ。伯父上のご趣味が花々の栽培と知らなかったとはいえ、手塩にかけて育てられた花々をめちゃくちゃにしたことは事実でありますから」

錦之助が盃を口に運ぶ手を止めた。

「丈一郎。赤子のお前が花を摘んでしまったことをわしが恨んでいると申すか？」

さほどに狭量な男に見えるかの、と静かに丈一郎へ眼を向けた。丈一郎はわずかに顔を上げて、我が父を窺う。徳右衛門は唇を歪め、酒をあおった。

「それこそ侮りだ。父子揃って痴れ者が！」

激高した錦之助が盃を丈一郎へ投げつけた。

酒が飛び散り、盃は丈一郎の肩先に当たって落ちた。酒が月代を伝って、強く香った。

「父上、なにをなさる」

「鉄太郎さん、伯父上のお怒りはもっともです」

丈一郎は面(おもて)を上げて、腰を浮かした鉄太郎を制した。

「殊勝な心掛けよのう。お前は徳右衛門の気短を受け継がなかったようでほっとしておる。しかしながら、図々しく、不遜な態度は父親そっくりだ」

錦之助は声を荒らげた。

「お前はこの両家の仲違いを解くためにわしに頭を下げたのだろうが、まったくもって余計な真似だ」

「ですが、伯父上。このままでは母があまりにもかわいそうで。伯父上が親代わりであるならば、母もときには里に帰りたいはず。鉄郎と市松は再従兄弟（はとこ）同士。一緒に遊ばせたいと思ったかと」

丈一郎は訴えかけるようにいった。

利いたふうなことを、と錦之助が鼻を鳴らす。

「わしは広江が里帰りするのを止めてはおらん。広江がこの頑迷な男に遠慮しているのであろうよ。ああ、哀れなものだ」

背を向けたまま、大声でいった。

徳右衛門がひと言も発しないのが不思議だ。

「もうよいではありませんか。こうして丈一郎は頭を下げたのです。このような無駄な諍いはやめにいたしましょう。それに、赤子の丈一郎に花の蜜を吸わせたのも私なのですから」

鉄太郎はそういうや手をついた。

叔父上、私もお詫び申し上げます、と鉄太郎が徳右衛門へ平伏した。

「鉄太郎。お前が謝ることはない」

「しかし」

錦之助の厳しい声音に鉄太郎は戸惑う。

「礫はな、うつけぶりを父子でさらしているのだ」

錦之助は身を震わせ、怒りを懸命に抑え込んでいたが、

「もう我慢ならん。わしはな、下手人扱いされたのだ」

徳右衛門、お前にな、と憤激の様子で膳をひっくり返した。皿が、器が飛び、料理があたりに散らばる。

「げ、下手人――？　父上、どういうことです。お祖母さまは、私がつつじの花を」

丈一郎は背中合わせに座るふたりの間に入り慌てていった。

「まだいうか。わしがお前を殺めるはずがなかろうが」

錦之助は丈一郎を見据えた。

「殺める、とは」

鉄太郎も錦之助の言動に驚きを隠せない様子で、身を乗り出した。

美味い物を粗末にするのは勿体ないな、どっちが気短だか、と徳右衛門はぶつぶついいながら、丈一郎を見た。

「母上はお歳だからな。忘れてしまったのやもしれん。それとも、嫌な思いを閉じ込めたかったのだろうかな」

「勝手をいうな」

錦之助がとうとう徳右衛門を振り返った。

その身に摑みかからんばかりに鼻息を荒くしている。

「広江の初めての子の命が危ないとなれば、わしはどのようなことでもしようと思った。だが、お前はなんといったか覚えておろうが」

礫家の跡継ぎを殺すつもりか、と常滑家に怒鳴り込み、どんな毒を盛ったのだと、家捜しをしたという。

むろん、錦之助にも妻女にも青天の霹靂(へきれき)であるし、なぜそのような物騒なことをいわれなければならないのかわけがわからなかった。

だが、興奮した徳右衛門は言葉も不明瞭で、要領を得なかった。錦之助の襟首を摑み上げ、罵倒し続け、果ては頰を濡らしながら、「丈一郎をなき者にする理由はなんだ。常滑家は人殺しだ」と喚いた。

驚いた錦之助は、徳右衛門の相手を妻女に任せ、急ぎ礫家に赴いた。すると、赤子の丈一郎がぐったりしていて顔には生気がない。

錦之助は眼を疑った。ほんの数刻前まで、歳上の鉄太郎の後を懸命に追いかけて、庭で元気に遊んでいたはずだ。それが、今は息も浅く、苦しげな様子で寝ている。

錦之助の妻女が作った重湯をたらふく食し、広江とともに常滑家を辞したときには機嫌よく、手など振っていた。

その後、丈一郎に一体なにがあったのか、と錦之助は顔色をなくした広江を質したが、心当たりがないと首を横に振るばかりだった。広江によると、常滑家で重湯、と口にした途端、徳右衛門は「それだ」といって屋敷を飛び出したのだという。

「我ら夫婦が毒など盛るはずがない。だが、徳右衛門は耳を貸すどころか、伊賀と甲賀の因縁か。礫になんの恨みがある、常滑は人殺しだといい続けたのだ。そのせいで妻は気が塞ぎ、ふた月寝込んだ」

苦渋に満ちた顔で錦之助はいった。けれど、徳右衛門が錦之助を振り返ることはなかった。

どうにも分が悪いと感じているのだろう。

丈一郎が仲違いのきっかけになったのは確かであるが、その亀裂を押し広げたのは徳右衛門だったのだ。

これは参った、と頭を抱えたくなったが、丈一郎は、はたと気づいた。

「私は、花の蜜を吸っていたと。まさかそれは——」

隣に座っていた鉄太郎も丈一郎の言葉にはっとして眼を見開いた。

「それならば、やはり常滑が丈一郎を生死の境に追いやったのかもしれません」

徳右衛門が、そういう鉄太郎をちらと見て、酒を呑んだ。

「誰のせいでもない。鉄太郎、お前も子どもだったのだ。知らなくて当然だ。お前が責を感じることはない」

錦之助は感情を抑えつついう。

丈一郎は一旦唇を嚙み締めてから口を開いた。

「伯父上、私が蜜を吸ったつつじは、レンゲツツジですね」

六

錦之助は深く頷いた。

「つつじ栽培をろくにせぬ徳右衛門はそれを知らず、騒ぎ立てた。わしは庭で、レンゲツツジの花がむしられているのを確かめたのだ。鉄太郎を問い質し、そこで戯れていたのが知れた」

「では、やはり私はつつじの毒で彼岸へ渡りかけたということですね」

「そうだ」と、錦之助はきっぱりいった。

つつじの品種によっては蜜に毒がある。レンゲツツジ、キレンゲツツジがそれだ。その蜜に含まれる毒は少量だが、赤子であった丈一郎の身体に影響が出たのだろう。
つつじは躑躅と記す。清国以前の時代に我が国にもたらされた漢名であり、「テキチョク」と読む。もともとテキチョクは「足を止める」という意味を持ち、足を止めて眺(は)めてしまうほどに美しい花の意として、つつじに当てられたといわれる。また草を食む羊がつつじを食べ、毒で苦しみ足を縺(もつ)れさせたことから、彼の国ではつつじを羊躑躅とも書くと、丈一郎はつつじ栽培の師であり、やはり百人組同心であった飯島武右衛門から聞かされた。

厄介なのは、つつじの毒はすぐには身を蝕(むしば)まないということだ。数刻経ってから、四肢に力が入らなくなり、呼吸が乱れ、重いときには身が痺(しび)れる。多量に摂取すれば命も危ういこともあるがそれは滅多になく、やがて毒は消え失(う)せる。

徳右衛門がぼそりといった。

「つつじの区別などつくはずがない。だいたい、ちまちま土いじりするのは性に合わんのだ」

「黙れ。我らは傘張りで、お前たちはつつじ栽培で糊口をしのいでいるのだ。未だにそれがわからぬのか。だからお前は馬鹿なのだ。家を守る、家族を守ろうとする考えがまるでない。もう今は百人組などお飾りにすぎん」

いくら上さま直属の鉄砲隊であろうと、出番がなければ、ただの貧乏御家人だ、と錦之助はいい募る。

　徳右衛門がくるりと首を回し、

「甲賀忍の誇りも、上さまの百人組であるという誉れも失った義兄上などなんの価値もない。早々に隠居をしたのも得心出来ますな」

　と、錦之助を睨めつけた。

「わしはお役目をしっかり務め上げたのだ。お前にそのようなことを偉そうにいわれる筋合いはないぞ。そもそも大久保のつつじ畑の物見に行った広江を見初めたのが、すべての間違いのもとだ」

　ああ、嘆かわしいやら腹が立つやら、と錦之助は宙を仰いだ。

「なぜ、広江も磔の畑にのこのこ参ったか。若い娘が寄って来るのをお前も狙っていたのだろう。この色狂いめ」

　錦之助の口調は激しさを増し、再び背を向けた徳右衛門を詰る。

「素知らぬ振りをするな。こっちを向け」

　それでもなお応えない徳右衛門の肩を錦之助が摑んだ。

「父上、おやめくだされ」

　鉄太郎が素早く腰を上げ、錦之助の手首を押さえた。徳右衛門はやはり分が悪いのか唇を引き結んだままでいる。

「止めるな、鉄太郎。我が家を人殺し呼ばわりしおってもまったく謝りもせぬ。こういう強情な輩は口でいっても何ひとつ響きはしないのだ。殴り飛ばしてくれる。さあ、こっちを向け、徳右衛門」

錦之助はさらに強く徳右衛門の肩を摑み、その身を自分のほうへ向けるように引いた。

「父上っ。丈一郎、何をしている。一緒に止めてくれ」

鉄太郎が声を張り上げると、徳右衛門が自ら錦之助に向き直った。

むっと錦之助が一瞬たじろぎ、手を離す。

丈一郎は、徳右衛門の顔を見て思わず叫びそうになり、慌てて口元を掌で覆った。

眼が真っ赤だった。それは、潤んでいるようにも見える。

まさか。父が泣いているのか。

「義兄上、わしは女子漁りに我が家の畑を利用したことは一度たりともない。たまたま声を掛けた広江が常滑家の娘と知って小躍りした。わしは義兄上に会いたかった。話をしてみたかったのだ。甲賀組の常滑錦之助は、お役目に熱心で、射撃の修練も怠らず、その腕前も群を抜いていると耳にした。角場を覗きに行ったこともある。噂通りの腕にわしは心が震えた」

競ってみたいと心の底から思うようになった、と徳右衛門は錦之助を真っ直ぐ見つめた。

なんと素直で実直な物言いだと、丈一郎は仰天した。母といい、父といい、丈一郎が知らぬ父母の姿を、一刻も経たぬほどの間に次々目の当たりにし、戸惑っていた。

しかし、伯父は角場で一発も的を射ることができなかったから早々に隠居したと父はいった。矛盾するではないかと思ったが、徳右衛門がすぐにそのことに触れた。

「義兄上がお眼を患われたと広江から聞かされたときには口惜しゅうござった」

「たわけたことを。そのように殊勝な言葉を並べても、お前の本心はわしや鉄太郎が憎くてたまらぬのだろうが。大切な丈一郎に毒を与えたのだからな」

錦之助が低くいった。

「無論あのときはお恨み申した。我が子が死ぬやもしれぬという恐怖に縛られ、果ては己の無知さ加減に呆れ、広江にも叱り飛ばされた。この徳右衛門、他人に負けるのも、他人に腐されるのも、許しを請うのも大の苦手」

「おお、そうであろうよ」

「義兄上も同じだと、広江がよく笑っておりました」

広江が、と錦之助が呟いた。

「わしとお前が同じだというのか。ふざけたことをぬかすでない。いい加減にしろ。広江と離縁しろ。広江は十分我慢した。丈一郎の嫁も気が強い。姑もひと筋縄ではいかぬ。きっと窮屈な思いをしているのだ。もう礫には置いておけぬ」

錦之助が大声を出すと、徳右衛門がすっくと立ち上がった。丈一郎はみどりがいきなり引き合いに出されたことで、いささか色をなした。が、鉄太郎が、すまんとすぐさま小声でいった。

「離縁はいたしませぬ。五十も過ぎて夫婦が別れるなど、体裁が悪うございますゆえな。それに広江と交わした約定を未だ果たしておりませなんだ」

「約定だと？　そんなものは今すぐ反故にすればよい。お前が出来ぬなら、わしが広江と話をいたす。文句はないな」

錦之助は依怙地にもいい張った。

「屋敷に戻る。お前たちはまだゆるりとしていけ」

徳右衛門は障子を開け、さっさと座敷を出て行く。

「おい待て徳右衛門。話は済んでおらぬぞ。逃げるか、この卑怯者が」

錦之助が叫ぶも徳右衛門は振り向きもせず離れを出て行った。

毒気を抜かれたように、三人は呆気にとられていた。

くそ、いつもあの調子だ、と怒りが収まらぬ様子で錦之助が廊下を行く。

その後ろを歩きながら、丈一郎は鉄太郎に身を寄せ、そっと訊ねた。

「伯父上の眼はいつから」

「私の元服前だ。隠居の数年前には右眼がぼんやりとしか見えていなかった。的にも当たらんさ。もう役には立てぬ、とお役を退いたのだ。まだ四十を越えたばかりだった。いっときはひどく落ち込んでなぁ。それでも鉄郎の世話でようやく息を吹き返した感じだな。鉄郎も元服してしまい、また気落ちしなければいいがと思っているよ」

そうか、と丈一郎は呟いた。利き目が見えづらいとなれば、もう鉄砲は持てまい。

伯父の心痛はいかばかりであったか。日常の暮らしには支障がないと鉄太郎はいった。それでも役には立てぬ、という言葉に哀しみがあった。鉄砲同心としては辛いことであっただろう。

元の座敷に三人で戻ると、客の皆が安堵の視線を向ける。徳右衛門の姿がないのはむしろ当然という面持ちを皆がしていた。と、広江の膳を挟んで、ふっくらとした身体の大年増(おおどしま)が座っていた。なにやら広江に話し掛けていたが、丈一郎を見るや、

「相変わらず、困ったものね」

意味ありげな笑みを浮かべて、そそくさと元の席に戻って行った。

宴の最後に、元服した鉄郎が見事な挨拶を述べて喝采を浴び、賑やかにお開きとなった。

客が皆引いた後、まだ膳の並ぶ座敷で、丈一郎は錦之助と鉄太郎に非礼を詫び、この三十年の確執をなんとかしたいと持ちかけた。

鉄太郎は同意したが、錦之助は首を縦には振らなかった。

そこへ広江がやって来た。

「兄上、本日も我が夫との口喧嘩、お見事でございました」

「馬鹿をいうな。それより、あの男と離縁しろ。お前の世話は常滑でする」

広江が、呆れたように笑った。

「兄上、おやめください。もう三十数年過ごした夫婦ですよ。今更、離縁などできようはずがございません。姑と嫁の間で楽しくやっておりますゆえ。里に戻れば、義姉上がおりますもの。女はどこへ行っても我慢でございます」

「あんな男のどこがよいのだ。お前を嫁にと望んだ家から送られてきたいく通もの身上書と引き比べても、徳右衛門の性質は悪すぎる。どこに惹かれたというのだ」

広江はわずかにはにかんだ。

「息子の前ではいえませぬ。けれど、どんな殿方にもないものを徳右衛門どのはお持ちでした。わたくしとの約定も大切にしてくださっております」

さあ、丈一郎、おいとましますよ、と広江がいった。

「おい、広江」

座敷を出かかったとき、広江が錦之助の呼びかけに応えるように首を回した。

「兄上。我が夫といい争いをしているときは、まことにお元気でいらっしゃいますね。舌鋒の鋭さに、さらに磨きがかかっておいでです。広江はとても嬉しく思っております」

広江がふうわりと微笑んだ。

錦之助がむむっと唸って黙り込んだ。

広江とともに『的矢』を後にすると、鉄太郎が追いかけて来た。

「丈一郎、今日はすまなかったな」

「すっきりしたとはいい難いですがね」

鉄太郎がため息を吐く。

「諍いの元が、あのようなことであったとは、いささか驚いたが。まあ、父親同士は無理でも、おれたちは仲良うしていこう。近いうちに、お前と、今度は市松も連れて——我が屋敷では無理だが、飯でも食おう」

そういうと丈一郎の肩をぽんと叩き、身を翻した。

広江が半身を返して鉄太郎に頭を下げた。

ふたりで歩き出すや、丈一郎は広江に訊ねた。

「母上、なぜ何もお訊きにならないのです？」

「なぜって、聞いたところで詮無いことでしょう。口喧嘩はいつものことですもの」

広江の答えは素っ気ない。母がそこまで達観できるのが不思議でならなかった。丈一郎はさらに問う。

「私は得心がいかぬのですよ。きっかけは、父上の暴言だったとしてもなにゆえ常滑とここまでこじれたのですか？」

丈一郎は離れの座敷での顛末を話した。

「あら蜩が鳴いているわね」と、広江は聞いていたのかも怪しいが、不意に真顔を向けた。

「あなたたちが宴席に戻って来たとき、わたくしの前に座っていた女を見たでしょ？」

「ええ。顔に見覚えはあるのですが」

「他家に養子に入った二番目の兄のお嫁さんよ。わたくしの義姉よ」

ようやく思い出した。確か痩身だったはずだが、かなり肉付きがよくなっていたために、わからなかったのだ。以前は礫にもよく顔を見せていた。名は八重だったか。

「たぶん、あの方のせい」と、広江がさらりといいのけた。

「それは、どうしてですか？」

眼を剝く丈一郎を見て、広江が頰を緩めた。

「まったく、あなたときたらいい歳をして、なぜ、なにゆえ、どうしてばかりね。そのように物事を突き詰めることがいいとは限らないのですよ」

広江は雲の広がる暮れかけの空を軽く見上げた。

「つつじの毒の一件を一番心配してくれたのは義姉上だったのよ。礫と常滑の間を行き来して。それはきっと親切心からだったとは思うの。でもね――」

徳右衛門は錦之助に詫びたいといったが、まだ時をおいたほうがいいといい、錦之助の妻女が寝込んでしまったことで、さらに間をあけるべきだと告げに来た。どんどん日延べし、とうとう錦之助が激高した。自らの非を認められぬ者とは思わなんだ、と八重の前で吐き捨てたのをわざわざ伝えに来た。

「いつの法事だったかしら、兄はひと言も口を利かずにいたのよ。あれは詫びがないのを憤った末の振る舞いだったと気づいたの」

錦之助と徳右衛門の性質も災いした。頑固なふたりは、それ以降、何かと反目し合うようになったのだという。

錦之助の眼病が知れたときも、見舞いの品は八重が届けた。鉄太郎の元服も錦之助の隠居のときも、礫からは行きにくかろうという八重に、広江は頼んでいた。

「けれど、あなたの祝言の時にね、常滑から祝いがなかったの。いくら仲が悪くても親戚同士。祝儀不祝儀くらいはしてもいいでしょ。礫からはしているのだし。変だなぁとは思ったのよ」

親戚からの祝いの品の中に、吉祥文様をちりばめた反物があるのを祖母の登代乃が見つけた。

「それが二番目の兄の家からの物だったの。でもその兄の家は小普請入りの御家人」

つまり無役ということだ。

「申し訳ないけど、そんな高価な品を贈れる家じゃない。あるとき、長兄が礼節を欠く家があるのは困りものだと、父上に向けていったことがあったのよ」

「つまり、伯母上は礫と常滑から預かった品を自分の家からの贈答品としていたと」

丈一郎はいいながら唖然とした。

「そのようなあくどい真似をしているのに気づきながら、なぜ、伯母上を質さなかったのですか？」

「証はないもの。疑心にとらわれれば、いつも怪しんでしまうでしょ。それに八重さまを質せば、今度はそちらの家とぎくしゃくするのよ。八重さまは親戚中から爪弾きにされる。二番目の兄も立つ瀬がないわ」

丈一郎は足を止め、拳を握り締める。ようするに、ここまでこじれさせたのは伯母の八重だったということか。

「しかし、礫と常滑の三十年は取り戻せないのですよ。それでよかったのですか、母上。私は我慢なりません」

広江はすたすたと先を行き、不意に振り返った。

「鉄太郎さんとあなたまで巻き込んだのはすまぬことと思うております。でも、あなたたちの代になれば礫と常滑は元通りになると信じておりますゆえ。現に鉄太郎さんは食事をともにと誘ってくれたではないですか」

　雲が切れ、その隙間から差し込んだ夕の陽射しが広江を照らした。そのまばゆさに丈一郎は眼を細めた。母の姿が後光を背負った菩薩に見えた。

　翌朝、徳右衛門が騒いでいた。

「印籠を見なんだか。印籠がない。ええい面倒だ。出掛けて来るぞ。やや、しまった刀を忘れた。刀だ。おおい、広江、刀」

　どたどたと廊下を行きつ戻りつして、忙しなく出て行った。日課である皆中稲荷神社詣でだ。

　片や丈一郎はつつじ畑にも出ず、夜具の上でぐったりしていた。昨日があまりにめまぐるしい一日だったせいだ。

　昨夜は、父ひとりが先に戻ったことに不審を抱いたみどりから当然、根掘り葉掘り訊ねられた。つつじの毒のくだりでは大笑いされ、腹立たしかったが、礫と常滑の事情がみどりにも伝わったとみえて、「真に強い女子というのは義母上のことですね」と涙ぐんでくれたのが嬉しかった。

　しかし、けろりとしているように見えても、昨日の今日だ。さすがに父とて内心は穏やかではないだろう。久しぶりに神社へ行ってみるかと、丈一郎はもたもた起き上がった。

昨夜は雲が出ていたが、本日は晴れ渡っている。つつじの葉が陽の光で焼けてしまわないよう覆いをかけねばと思いつつ神社までの道を歩く。

鳥居をくぐろうとしたとき、社殿に向かって行く女の姿を捉え、慌てて木陰に身を隠した――母だ。

「お前さま」

社殿に向かって手を合わせていた徳右衛門が首を回した。

「印籠、ございましたよ。お姿は見えていましたのに追いつけなくて息が切れました」

広江は荒い息を鎮めようと肩を上下させていた。そこに徳右衛門の声が飛ぶ。

「早(はよ)うこちらに来て詣でぬか」

丈一郎は父の物言いに苛立った。わざわざ母が印籠を持って来たのだ。先に礼をいうべきだ。

自分ならみどりに対してそうする。

広江が石畳の上を歩き出す。社殿の前まで来たとき、息が乱れていたためか、石畳のわずかな段差で足をもつれさせた。広江の身を徳右衛門が素早く支える。

「大丈夫か?」

「下駄が片方脱げているではないか。ああ、屈むことはない。さ、わしの肩に手を置け」

「はい」

徳右衛門はそういうとしゃがみ込み、下駄を手にして、広江の足先に置く。

意外な光景に眼をしばたたいた。あのような優しい声音で話すのも、柔らかな物腰の父を見るのも、初めてだ。

「さ、ともに詣でるぞ」

「でも、ここは武芸の上達をお願いするのでしょう。わたくしは鉄砲を持ちませぬ」

「何をいうか。うちのつつじ畑に来たお前を見たとき、わしは花の化身かと思うた。わしは胸を貫かれたのだ。お前の鉄砲の威力は百人組の誰にも負けぬ」

「お戯れを」と、広江が気恥ずかしそうに顔を伏せる。

丈一郎はくらりとした。あの頑固で意地っ張りで偏屈で喧嘩っ早い父の口から、なんと甘ったるい言葉が出たものだ。ますます父と母から眼が離せなくなった。早朝から降るような蟬の鳴き声がふたりの声の邪魔をする。木々に身を隠しながら、丈一郎はさらに近くへと忍び寄り、耳をそばだてた。

ふたりは並んで社殿に向かい、柏手を打ち、手を合わせた。

「丈一郎は大丈夫か?」

「ええ。すべてを納得してはおらぬでしょうが、勘のいい子です。わかってくれます」

「お前に任せてよかった。わしであれば、またぞろ大喧嘩になっておったからな」

なんと。丈一郎は仰天した。

それで余計なことはいわず先に戻ったのだ、とあの時の父の態度がすとんと胸に落ちた。

私は父のどこを見ていたのだろうかと、唇を嚙み締めた。つつじの毒の一件で伯父を下手人呼ばわりしたことに驚いて考えが及ばなかったが、その極端すぎる物言いも、父が私を慈しんでくれていた表れだ。

――市松のためなら、なんでも出来る。そう思う自分がいる。父もそうであったことが気恥ずかしくも嬉しい。そのように感じられるのも守るべき者たちがあるからかもしれない。

それにつけても母がいう、どんな殿方にもないものとは、呆れるほどの優しさであり、大方の男がとてもいえぬ甘い言葉も平然といいのける真っ直ぐさなのかもしれない。偏屈や頑固さなど母にとってはどうということもないのだ。

「して、印籠はどこにあったのだ」

「厠(かわや)の手水鉢(ちょうずばち)の前です。また帯を緩めて用を足したのですね」

「童の頃からそうせぬと糞(くそ)が出んのだ。その癖は直らん」

広江がくすくす笑う。

稲荷の前で拝みながらなんの話か。罰当たりな夫婦だと丈一郎は思う。

「けれど、いつも印籠が見当たらぬと騒ぐのですから」

「広江、あの約定は覚えておるか？」

と、徳右衛門が広江に顔を向けた。

「あら、お前さまこそ、お忘れになったのではないかと疑っておりましたのに」

「忘れるわけがなかろう。祝言の夜にお前と交わした約定なのだぞ」

しゅ、祝言の夜？　つまり初夜か。丈一郎は聞き逃すまいとさらに耳を澄ませた。

「お前こそ、あの夜、交わした約定書を持っているのか」

広江は両手を合わせたままでいった。

「手文庫に納めてございます。お前さまこそ、お失くしになったのでは？」

「何をいう。印籠を出せ」

広江が合わせた両手を離して、襟元に挟んだ印籠を差し出した。徳右衛門はそれを受け取るとすぐに開けた。

「お前とともに記した約定書はここだ、わはは」

と、紙片を広江に向けて広げた。

「それならば、印籠をもう少し大事になさいませ。でも、お役を退き、隠居をしたなら、わたくしと旅に出るといってくださった。それがしっかり記されておりますが、まだ隠居をなさらない。早くしませんとわたくし、足が弱ってしまいます。お前さまに追いつけませぬよ」

　徳右衛門が微笑んだ。

「そんなことを心配しておるのか。わしがゆるりと歩けばよいのだ。若い頃なら、ついてこいというであろうが、互いに歳を取ったなら、並んで歩んで行けばよい」

「お前さま」

「丈一郎とみどりが礫をしっかり守ってくれるであろうから、安心して夫婦旅に出られる。その日も近かろう」

　広江が静かに頷き、俯いた。

「おい、広江。泣いておるのか」

　広江は徳右衛門に背を向ける。

　と、丈一郎の背後で洟をすする音がした。そっと振り返ると、みどりがいた。思わず声を上げそうになった。

「お義母さまが、羨ましい」

　みどりが涙で潤んだ眼で丈一郎を詰るように睨んでいた。

　子が親のすべてを知ることは叶わない。その逆も同じだ。人には秘することがあってもいいのだろう。特に夫婦は、元は他人。親子の繋がり以上にはなれない。ともすれば切れてしまう危うい繋がりを保つため、互いを思いやり、ときには隠すこともある。ここで見聞きしたことは胸に納めておこう。

物事を突き詰めることがいいとは限らない。母の言葉が甦った。

木洩れ日が父と母に降りそそいでいた。丈一郎は、みどりの背に優しく触れた。

花弁の露

一

つつじは春の花ばかりではない。秋には紅葉も楽しめる。葉が色づくのは限られた品種ではあるが、常緑の葉の間に紅葉したつつじが点在しているのもまた美しいものだ。丈一郎は、そうした品種によって見栄え良くなるように植え付けをしている。常連の好事家の中には、紅葉の景色を眺めに訪れる者も多い。

冬には雪囲いをして枝折れや霜が降りるのを避け、初春の芽吹きを待つ。そうした一年を繰り返して、つつじを育てるのだ。

再び春が巡ってきた。うぐいすの初音を聞き、梅が咲き、まもなく衣装からも綿が抜けて、軽くなる。

丈一郎は、信介とともに、小石川にある広大な水戸藩邸を後にした。肩には道着を担ぎ、神田川沿いを行き、牛込、四谷大門から新宿に出て、大久保のお役屋敷まで、ぶらぶら歩く。

ゆっくり歩を進めても一刻はかからない。晩春近い陽光は日一日と強さを増しているが、時折頬を撫でる風が心地よい。

「それにしても、小関(こせき)さんはいつお会いしても気持ちのいい方だな」

信介がいった。

「うむ、我らとは十(とお)も歳が違うのに、尊大なそぶりは一切せん。むしろ、我らを師範のように扱ってくれるのはいささか気恥ずかしい」

「まあ、徳が備わっているのだろうな。御祐筆(ごゆうひつ)といえば、藩の些事(さじ)をきっちり書き留めるのがお役だ。齟齬(そご)があっては大変なことになるからな。とてもおれには無理だ」

信介の言葉に丈一郎はいちいち頷いた。

小関は「遠慮なく投げ飛ばしてくれ」と、丈一郎と信介にいい、若者たちには「ふたりに勝った者には酒をおごるぞ」と焚(た)きつけた。丈一郎も信介も力一杯挑んでくる若者たちと本気で組み合う。次々転がされる若者らを小関は愛しそうに眺めながら微笑んでいた。

丈一郎と信介は幼い時から関口流柔術を学んでいる。志武館という牛込にある道場だ。

少しの間、無沙汰をしていたが、信介に誘われて月に一度は通うようになった。

つつじの世話だけでは身体がなまるという思いもあった。が、徳右衛門の隠居が近そうなこと、仕方がなかったとはいえ人を撃ったことなどで、丈一郎の心が乱れていた。情けないが、身体を動かせば、いっときでも思い煩わずにすむと思ったからだ。

此度は、その道場に時折稽古に来ていた水戸藩士、小関佐左衛門から「うちの若い者たちに稽古をつけてくれ」と頼まれ、藩邸内にある武道場に赴いたのだ。

水戸藩で奨励されている柔術はいくつかあるが、小関は起倒流を修めている。他流稽古を禁止する流派は多い。その技を盗用され、対策を立てられてしまうからだ。しかし、いざ戦で敵と対峙したとき、同じ流派同士かどうかなどわかりはしないし、互いに流派を伝えてから戦うことなどないのだ。それならば、常に他流派と交われと、志武館の道場主はいう。互いにいい所を吸収できれば、新しい流派が誕生するやもしれんぞ、がはは、と勝手なことをいって笑っている。

己でいうのも口はばったいが、志武館で丈一郎は若鷹と呼ばれていた。信介は若鷲である。つまり、師匠からはむろんのこと道場内で一目置かれる存在なのである。正直、もう「若」はいらぬ歳だ。

武芸全般にいえることではあるが、どんなに稽古を積み、上級者であってもその力を誇示するような真似はしない。

どちらかというと痩身である丈一郎は、侮られることが多いのだが、柔術においてはそれが好機を招く。相手は力任せにねじ伏せようと向かってくるため、丈一郎は相手の勢いを利用すれば容易く転がすことができる。

関口流では、柔術をやわらとも称する。力ずくではなく、柔軟に相手を倒す。そうした意味を持っているのだ。

今日は互いに水戸藩の若者相手にたっぷり汗を流した。ほどよい疲労感に包まれている。つつじの世話とは違った疲れが心地よい。と、信介が呑気に声を上げた。

「はあ、いい風だなぁ。春の香りが鼻をくすぐるぞ、丈一郎。うーん、なんとも芳しい下肥のにお……い」

と、向かいから下肥桶を担いだ百姓がひょこひょこ歩いてくる。

信介が途端に顔を歪め、

「芳しい下肥などない。ちょうどよく来るんじゃない」

百姓に向けて怒鳴った。百姓はいきなり叱り飛ばされ「ご勘弁を」と桶を揺らしながら大急ぎで脇を通り過ぎて行った。

「信介、脅すんじゃない。百姓親爺に当たってもしょうがないぞ。だいたい下肥は汚いものではない。草木、青菜を育てる大切なものだ。いいにおいではないか」

強がってはみたが、丈一郎は幼い頃、酷い目に遭っている。肥溜に石を投げ入れると、ゆっくりずぶずぶ沈んでいく。それが面白く、その日も小石を投げていた。

だが、小石だけでは飽き足らず、少し大きめの石はどうなるのかと、ぽいと投げ入れると、とぽっと音を立てて、飛沫が一滴、袴に飛んだ。

それが臭いの臭くないの、いてもたってもいられない。肥溜から走って逃げたところで、袴に肥が付着しているのだから、においも一緒についてくる。

屋敷に戻って、すぐさま洗ったが、袴だけでなく身体からもにおう。

その悪戯が祖母の登代乃に発覚して大目玉を喰らった。肥は草木を育てる大事なもの。それに石を投げ入れるとは、と尻が赤くなるほど叩かれた。

嫌な思い出だ。

信介は片方の腕を懐に入れ、むすっとしていた。丈一郎がいったことに反論もしてこない。珍しい。百姓親爺に向けて大声を出したことを反省しているのか。と思いきや、

「不思議なものだな。おれたちが青菜を食い、それが屎尿になり、その屎尿が肥になる。そしてその肥が青菜を育てる。それをまたおれたちが食う」

ああ、とため息を吐く。

「おれは今、悟りを開いたような気分になったよ」

「よかったな」

丈一郎は素っ気なくいって、早足で進んだ。

「おい、待てよ。おれはな、くだらないことだとは思っていないぞ。循環する輪なのだ。これは天の理だ。これを崩せばどうなると思う?」

丈一郎は必死にいい募る信介に呆れていった。

「崩すというのはどういうことだ？　青菜は食わないとか、糞をしないとかか？　それは無理だ。お前、小関さんに内股をかけられて、頭でも打ったのか」

「馬鹿か。お前の親父さまだ。お前は真剣に考えたことはないのか？　なぜ隠居をなさらないか。もうとうに隠居をしていいお歳だぞ」

信介の言葉を背で受けた丈一郎は思わず足を止め、振り返った。

「親父さまはお前に鉄砲同心を譲る気がないのではないか？」

そんなことは、ない、と丈一郎は口籠もる。

あれから一年近く経つのか、と丈一郎は思い出す。昨年、つつじ畑を訪れた一色が賊に捕らわれた一件だ。すぐ傍にいながら、一色を守ることも救い出すことも出来なかったことを徳右衛門は恥じた。そのとき、己の老いを痛いほど突きつけられたのだろう。事が収まった後、皆中稲荷神社で、丈一郎に向かって徳右衛門は隠居、といいかけた。それを止めたのは丈一郎だ。自分の老いを悟って、隠居するなど徳右衛門には似合わない。父には十分にお役を果たし得た、と満足し、清々しい気持ちで新たな一歩を踏み出してほしいと願ったからだ。そもそも、隠居したなら、母の広江と、夫婦で旅に出るというのだ。

その約定を果たすためにも壮健であらねばならない。

譲る気はあるのだろうが、それがいつかはわからない。丈一郎は、いつか、を待っていればいいと思っている。

あのな、丈一郎、と信介がいつになく真剣な面持ちでいった。

「警護で居眠りするくらいなら、構わん。しかしな、嫌でも身体はあちらこちら衰えてくるんだぞ」

丈一郎は眉をひそめて、信介を見据える。

「何を知っているんだ？　父の身がどうかしたのか？　眼が悪くなっているとかか？」

母からも祖母からも何も聞かされていない。

「むろんそうした兆候もある。しかしな、身の衰えが妙な考えを生むこともある」

信介は一旦言葉を切って、いい淀(よど)んだ。

「四谷塩町(しおちょう)の唐物屋(からものや)を知っているか？」

「唐物屋？　塩町といえば長崎屋ではないか。そこがなんだ？」

「そうだ、その長崎屋に親父さまが出入りしている」

丈一郎は首を傾げた。唐物屋は、長崎に入って来た異国渡りの品物を扱う店だ。だいたい行きつけの店など父にはない。ましてや唐物屋など、まったく用無しだと思うのだが。

小禄の我らでは、とてもじゃないが海を渡ってきた壺やら器やら画など購(あがな)えるはずがない。そんなものに父が興味を惹かれるとも思えなかった。

だが、歳を取ると、いきなり骨董好きになる者もいると聞く。それが高じて蒐集家となり、家は火の車。結句、集めた骨董品を売ることになる、という哀れな話はいくらでも転がっている。お役を離れ、隠居したはいいが、残りの人生をどう生きていいか途方に暮れて手っ取り早い趣味に走りたくなるのだろう。特に、真面目に懸命に励んで来た者の方がそういうふうになるといわれている。丈一郎と信介は、再び歩き出す。

よくよく考えなくとも、父の徳右衛門など、鉄砲同心一筋四十余年だ。

しかし、唐物はあるまい。そのような銭は礫家のどこを探してもないからだ。

「父を誰が見かけたのだ」

丈一郎は動揺を気づかれまいと、至って平静な顔をして訊ねた。

「おれの女房だよ。商家に嫁した幼馴染がいてな。久しぶりに遊びにいったのだ。その時丈一郎の親父さまが唐物屋の店座敷に座って、主人と話をしていたのを見たのだよ」

そうか、と丈一郎は呟くようにいった。

「たまさかではないのか？」

「いや、随分と親しそうだったといっていたぞ」

信介にそういわれても、どうしても得心がいかない。もしかしたら、唐物屋の主人も俳諧の会に入っているのかもしれない。

「考えられるとすれば、株ではないかとおれは思ったのだ」

株？　丈一郎は呆気にとられた。

「つつじは、株分けで増やすのではないぞ。なにをくだらぬことをいっているのだ。お前とてつつじを育てているであろうが」

信介は薄気味悪い眼で丈一郎を見る。

「お前の頭にはつつじのことしかないのか？　違う違う。株は株でも御家人株だ」

丈一郎は唐突すぎる言葉に息を呑む。

「親父さまはお役を退くにあたって、お前に家督を譲るのではなく、町人に株を売るのではないかとな。唐物屋なら金もあるだろう？　今なら御家人株の相場は二百両だ」

「二百両！」

丈一郎は仰天した。伊賀組の鉄砲同心は抱え席である。一代限りのお役ということにはなっているが、嫡男など後継がいれば同じ役目に就くことが出来る。

「それはないな。父は市松に銃の構えを教えている」

以前は木を削った物であったが、今年で十になったからと徳右衛門は自分の銃を市松に持たせている。思えば丈一郎も初めて銃を手にしたのは十だった。

ふふん、と信介が鼻で笑う。

「人の気持ちはいつ何時変わるかわからないからな」

「で、おれは？　どうなるんだ？」

「知らん」と、信介は素っ気ない。

「まあ、お前なら、つつじ栽培で生きていけると思っているのではないか。植木屋になれるとな」

植木屋――。信介の言葉が何やら妙に現実味を帯びているような気がした。いつだったか、父は「丈一郎にはつつじの栽培を続けさせたいから、未だに同心を続けている」というようなことをいっていた。

それがまことの気持ちなのかはしれないが、丈一郎には思い当たることがあった。

昨年、丈一郎は『ゆかり』というつつじの交雑種を作り上げた。名付けてくれたのは田安家家老の一色直安だ。

今年は、さらなる交雑種を作ろうとしている。それがまもなく咲く。モチツツジとヤマツツジの交雑で、開花時季が同じなため交雑もしやすいのだ。

ヤマツツジの花弁は朱に近い色で、モチツツジは淡い紫だ。それが、どのような花色になるのか楽しみではある。

そうしたことを今年の正月に熱っぽく語ったせいであろうか、父の徳右衛門が「お前など染井の植木屋に奉公したらよかろう」と、怒声を上げて屠蘇の入った土瓶をひっくり返した。

正月早々、父子で取っ組み合いの喧嘩である。

鏡餅の前で、裃(かみしも)を着た父と息子が、相手の帯を摑み、あっちへこっちへと移動する。

「お前の得意な柔(やわら)を使わんのか!」

「ご老体には気の毒でございますゆえ」

言葉の応酬も何年も変わらない。

母の広江はちゃっかりお節の重箱を脇に寄せ、妻のみどりと息子市松はすでに注がれた屠蘇をいつものことといわんばかりに口に運び、祖母の登代乃は、まるで奉納相撲ねぇと手を叩いて喜んでいた。

まさか「植木屋に奉公」と本気でいったわけではなかろうが、それにしてもいい過ぎだ。

信介はこう続けた。

「親父さまがなにを思っているかはもちろんおれの知ったことではない。というか、これは礫家のことだぞ」

四谷大門に差し掛かる。

「冷たいな。おれとお前は幼馴染ではないか。頼れるのは、友である信介だけだ」

丈一郎は拗ねたようにいって、信介を横目で窺い見る。

「そんな眼を向けるな。流し目は女子がいい。ともかく、お前には伝えねばと思ったのだ」

ああ、ありがたいよ、と丈一郎はため息まじりにいった。

ふと丈一郎は、どうせなら長崎屋で直に聞けばいいのではないかと考えた。

このまま四谷を抜けていけば、新宿に至るのだ。その道すがらに長崎屋がある。

父は本気で同心株を売ろうと思っているのか。真偽を確かめなければ気持ちが悪い。

二

四谷の大通りを進んで行くと、信介は、他行があるといって左を指した。

他行というかはわからぬが、信介が向かおうとしている先は寺が建ち並ぶところだ。

こうした寺町の門前の通りには、少々いかがわしい店が並んでいる。

「ちょっと前にな、いい矢場を見つけたのだ。そこの娘たちがまた器量良しで優しくてなぁ。今日の帰りにお前を誘うつもりだったのだが」

「おれはいい。長崎屋へ行く」

なんだ、付き合いが悪いな、と唇を尖(とが)らせた。付き合いが悪いのはどちらだか。妙な話をおれに吹き込んだのは誰だ。将来がかかっておるというのに、幼馴染の心配もせぬのか、と丈一郎は苛立ちを懸命に抑えた。

「女房どのには、黙っておいてくれよ」

と丈一郎を拝むと、信介はいそいそと左に折れていった。

ひとり残された丈一郎は、仕事終わりの職人やらお店者やら、甲州街道からの旅人やらが行き交いする通りを足早に進んだ。

長崎屋は金看板を屋根に載せ、軒には『異国渡奇品珍品　長崎屋』と記された看板が吊るされていた。

店先の揚げ縁には、極彩色に彩られた器がいくつも並び、ギヤマンの燭台や、杓文字のような物と鋤のような物、小柄のような物をきれいに並べて納めている薄い箱が置いてある。奥の店座敷には子どもが入れそうなくらいの壺が置かれ、孔雀の羽根、装飾を施した箱が積んであった。

「おいでなさいませ」

若い手代が店座敷から丈一郎に声を掛けてきた。

店をしげしげと見ているのを気にかけたのだろう。丈一郎は視線を揚げ縁に移した。するど、手代は揉み手をしながら近づいて来て、かしこまった。

「こちらは、異国人が食事の際に用いる物でございます」

丈一郎は、はあ、と感心した。

「我らは、箸で事足りるが、異国の者は色々なものを使わねばならないのだな。器用なのか不器用なのかわからぬ」

丈一郎がそういうと、手代は愛想笑いを浮かべ、

「なにか、お探しの物でも？」

と、訊ねてきた。

「いや、身共は礫丈一郎と申す。私の父、礫徳右衛門が主人どのと仲がよろしいと、か」

丈一郎は語尾を濁した。

手代は、「礫さまの」と、声を上げ、左様でございましたか、ただいま主人を呼んで参ります、と立ち上がった。

なんと。手代も父を知っているのか。こうも滑らかに事が進むとは思いも寄らなかった。

店の奥で、上物の羽織を着けたいかにも金持ちという客の応待をしていた若い男に手代は耳うちした。と、男がこちらに眼を向けた。客に何事か告げて、手代を代わりに置くと腰を上げ、丈一郎の方へ歩いてきた。

「これはこれは、礫さまのご子息さまで。徳右衛門さまにはお世話になっております」

丈一郎は面食らった。主人は、三十を少し越えたくらい。髪も黒々として肌艶も良い。なにより、その男振りだ。色白で鼻筋が通り、眼もきらりとしている。役者は化粧で色

男にもなれるが、素顔でこれなら女子が放っておかないだろう。

「父は、なにも世話などしていないと思うが。このような店に出入りができるほど、我が家は裕福ではありませんもので」

丈一郎ははっきりといい切った。主人にとっては儀礼的な挨拶であろうが、世話になっているなど、丈一郎にはなんの説得力も持たない言葉だ。

しかし、主人は気を悪くした様子も見せず、どうぞお上がりくださいませ、と丈一郎を促した。

丈一郎は主人を見据えると、こちらで結構、と断りを入れた。

「そうでございますか。それなら、ここでお話をお伺いいたしましょう。申し遅れました。私は、長崎屋の主人、孝太郎(こうたろう)でございます」

と、かしこまり、羽織の裾をさっと捌いて、頭を下げた。その所作も無駄がなく美しい。丈一郎はさらに孝太郎という若い主(あるじ)を強く見つめた。

なにが丈一郎を苛立たせているのかわからなかった。この孝太郎という主人の落ち着き払った態度か、話し方か。もし御家人株を買うとすれば、この孝太郎が礫を継ぐのか。それとも息子がいるのか。

店先で長居をするつもりはない。丈一郎は知りたいことを探るために言葉を発した。

「単刀直入にお訊ねする。父はなにをしにこちらに立ち寄っているのでございますか」

ああ、と初めて孝太郎が困った表情を見せた。

「それは申し上げられません」

「私は徳右衛門の息子だぞ。父親がこの店になにをしに来ているのか訊くのはおかしいか？　息子の私にもいえないことか」

思わず丈一郎は声を張り上げた。店の中にいる客たちの眼が一斉に丈一郎に注がれる。丈一郎は俯いた。だが、孝太郎は、形の良い薄い唇の端を上げ、笑みをこぼした。

「それにしてもずいぶんご心配のご様子。徳右衛門さまに直にお訊ねすればよいのではございませんか？」

そうでは、あるが、と丈一郎は言葉を詰まらせた。

「徳右衛門さまとて、たとえご子息さまにでもいえないことがございましょう。御身にかかわることだとすればなおさら」

御身にかかわる？　なんだこの勿体ぶった物言いは。しかし、丈一郎はぐっと堪えて、一旦息を深く吸った。

丹田に力を込める。落ち着け、丈一郎。

「では、ひとつだけ教えてくれぬか。父は礫の家についてこぼしたことはあるか？」

孝太郎が首を横に振った。

「とんでもないことでございますよ」

妻の広江とは隠居後は旅に出る約束をしている、母は老齢で少々物忘れがあるが妙なところで急にしっかりする、嫁のみどりは気が強いが、思いやりのある女子、丈一郎は頼りなげであるがつつじ栽培は誰にも負けない、市松はともかく可愛い、ということを嬉しそうに話しているという。

「礫家はまことによいお宅だと、羨ましく思いました」

「あの、父が旅に出るというのはいつ頃か、聞いておりますか」

孝太郎が訝しんだ。

「いや、隠居後というだけで、時期などは、なにもおっしゃらなかったですね。気になることでも？」

孝太郎が真っ直ぐに丈一郎を見た。それは、丈一郎がなにか疑念を抱いてやって来たことを非難するような眼でもあった。

父が家族のことをそのように他人に話しているとはまったく思っていなかった。

いや、しかしわからない。御家人株は養子という形を取る。たとえ一緒に暮らすことはなくても、孝太郎が、礫はどういう家なのかを知りたいのは当然なのかもしれない。だとすれば、孝太郎から訊ねたとも考えられる。

「ところで、丈一郎さまは、鉄砲を撃ったことはありますか？」

孝太郎が柔和な顔をした。

「ああ、もちろん。部屋住みとはいえ、やがては跡を継ぐとなれば、角場に行って修練はしているのでな」

跡を継ぐ、という言葉を強調したが孝太郎は柔らかな顔のままだった。

「では、人を撃ち殺したことはおありで？」

孝太郎はさらに訊ねてくる。

丈一郎は耳を疑った。物騒なことをいいつつも孝太郎の表情はまったく変わっていない。

ない、とはっきり返すと、孝太郎は不意に口角を上げた。

ただ、丈一郎は一度だけ、人に向けて発砲した。田安家の家老一色直安が賊の人質になったとき銃を撃った。賊の手首を吹き飛ばしたが、あれが少しでもずれていたらと思うと今でも身が竦み上がる。冷たくずっしりした銃身、火縄と火薬の匂い、耳をつんざく激音。もうあれから一年近く経つというのに、頭の隅にこびりついている。

孝太郎は首を幾度も縦に振りながらいった。

「でしょうなぁ。このご時世では鉄砲を用いることはありませんからなぁ。ですが、鉄砲を私も一度手にしてみたいものです。ほら、うちでは長崎からの品物を扱っておりますでしょう？」

自分も長崎に商いで赴いたことがあるが、西洋式の銃を眼にしたときにはわくわくしたといった。我が国のものとは違って、弾の充塡、発射速度、飛距離も比べ物にならない、もう火縄銃は古いと急に眼を輝かせた。火縄が古いといわれ丈一郎はむっとしつつ訊ねた。

「銃を撃ちたいのですか？」

まあ、そうした気持ちもなくはありません、と孝太郎は笑った。

「私はただの商人ですから。子どもの頃は、お武家に憧れを抱いておりましたよ。腰に大小を差して通りを闊歩してみたいとね。ただの夢ですが」

なんだろう。この違和感は。孝太郎は武家になりたいといっているが、本当にそうなのか、と疑念が湧き上がる。銃で人を撃ちたいという思いがあるとしたら――それはなんのためだ。

この柔和な顔の下にどんなものを隠しているのか。

丈一郎は背にぞくりと怖気が走った気がした。

と、孝太郎の傍に手代がやって来ると、耳元で何事かを囁いた。孝太郎が、頷きながら、ちらりと丈一郎を窺った。

これ以上は無理か。

「お忙しい時にお邪魔をいたしました」

丈一郎は頭を下げる。

「なんのお構いも致しませんで。徳右衛門さまにはよしなに」

丈一郎は身を翻した。が、ふと振り向き、

「薫風会をご存じですか？」

そう訊ねた。孝太郎は不思議な顔をして、いいえと返答した。

丈一郎は、家路を急いだ。

鉄砲同心は、城の警備に、ごく稀の将軍警護。いつ何時でもお役に立てるよう、鉄砲を磨き、整備は怠らず、修練も欠かさない。

戦もなければ、有事もないが、父は、このお役に誇りを持っていたはずだ。

同心株を、この長崎屋に売るなどということは考えられない。


屋敷に着くと、すでに徳右衛門が帰宅しており、濡れ縁で茶を啜っていた。

「どうであった？　水戸藩邸での稽古は？」

「なかなか大変でございましたよ。若い藩士は元気ですからね。次々と挑んでくるのでくたくたです」

そうか、と徳右衛門が湯飲みを置き、

「小関という祐筆には気をつけろよ」

静かにいった。

三

「どういう意味でございますか？」

丈一郎が問うと、徳右衛門は口を閉ざしたまま、立ち上がる。

「父上」

丈一郎から眼を逸らすように、庭草履を突っかけた。

「あまり気を許すな、それだけだ」

徳右衛門がぼそりといった。

その背にもう一度声を掛けようとしたとき、息子の市松と、同じ塾に通っている新之丞が庭先に現れた。丈一郎は口を閉ざす。

「おお、市松、新之丞どの。塾からの帰りか」

徳右衛門が顔をほころばせた。

「ただいま戻りました、お祖父さま」

「お邪魔いたします」

ふたりが徳右衛門に頭を下げると、うむうむと眼を細めて頷きながら、

「どうだ、ふたりともこれから鉄砲の稽古をしようかの」

新之丞が眼を丸くした。

わはは、と徳右衛門はその様子を見て、機嫌よく笑った。新之丞の父は西丸御先手弓組に属し、加役として火付盗賊改方同心を務めている。

「弓の稽古はしたことがあろうが、どうだな、新之丞どの。鉄砲を持ってみんか？」

徳右衛門が訊ねると、市松が臆する新之丞の背を叩いた。

「新之丞、持ってみろよ」

「だけど――」

新之丞は困惑していた。

丈一郎は座敷から見ていて、はらはらしていた。まったく父は何をいうておるのか。

「父上、それはちと。新之丞どのは」

丈一郎が異を唱えると、徳右衛門が首を回した。途端に不機嫌な顔つきで、唇を曲げた。

「よいではないか。なにもまことに撃たせるわけでなし。鉄砲とはこういうものだと知っておくのも新之丞どのにはよい経験になる」

この先、なにが活きてくるかわからぬからな、いつまでも、刀だ弓だ槍だという時代でもなかろう、と徳右衛門はうそぶいた。

「では、銃を持ってくるか。ちょっと待っていろ」

と、濡れ縁に再び上がると、丈一郎を一瞥した。

なんだ、父のこの態度は。挑発しているのか、と丈一郎はむっとした。いつもならここで口論になるところだ。が、市松はまだしも、さすがに新之丞がいる前ではみっともない。しかし、銃の稽古をさせようとしているということは、やはりあの唐物屋の主人孝太郎に同心株を売るつもりではないということだ。それはそうだろう。礫家は代々この大久保の地を守る鉄砲百人組の同心だ。それを誇りに思い、未だに丈一郎に家督を譲らぬ徳右衛門にそのような考えが過るなど微塵もないはずだ。杞憂だ。杞憂。孝太郎とは単なる知り合いなのであろう――とはいえ、銃に興味津々の孝太郎は気に掛からなくもないが。

「父上、なにかございましたか?」

いきなり市松に問われて、丈一郎はあらぬ方向に視線を移した。

「いや、なにもないぞ。新之丞どの、ゆるりとしていけ」

かたじけのうございます、と新之丞が頭を下げたのを見て、丈一郎は身を翻した。

しばらくすると、三人の笑い声が庭から聞こえてきた。丈一郎は自室で書見台に載せた『錦繍枕』を繰っていた。『錦繍枕』は元禄期に染井の植木屋伊藤伊兵衛によって版行されたつつじと皐月の図版集だ。五巻まであり、花の形状が詳しく記されている。

「お前さま」

妻のみどりの声がした。入っていいぞ、と丈一郎は書物に眼を落としたまま応えた。

「また、義父上が市松に、それどころか新之丞どのにも銃を構えさせておりますが」

みどりは端座するなり口にした。

「いい、放っておけ。またたしなめるような口をきけば、父上のことだ、ああだこうだと噛みついてくるに違いないからな。それに私も十で持たされた」

そうでしょうけれど、とみどりが心配そうに眉根を寄せる。

「この頃、義父上のご様子で気づいたことはありませんか？」

ん？と丈一郎は眼を上げて、我が妻を見る。

「特段、気づいたことはないが。どうしたのだ？」

ですよね、とみどりが息を吐く。

「お前さまは起きるとすぐにつつじ畑に行ってしまわれるので、義父上を見ておられませんものね」

みどりが非難めいた物言いをした。書物を閉じた丈一郎は、みどりを見据えた。

「それはいつものことではないか。つつじの栽培は、我が家にとって生計(たつき)を支える大事なものだ。手を抜くことはできぬ。ましてや、まもなく花の時季。多くの客が押し寄せる」

今年も売り物にする鉢植えを百以上作っていた。鉢が幾つ売り捌けるかで、一年、まあまあ余裕を持って過ごせるかどうかが決まるだけに、丈一郎とて懸命だ。

それを言い訳にしたくはない。しかし徳右衛門を気にしてばかりはいられないのが本音だ。が、唐物屋に出入りしているとか、小関に気を許すなとか、ああ、そうだ信介の言葉もあった。身の衰えとか——。お役に出ている徳右衛門の変化を信介の方が知っているというのは息子として情けないとも思った。

「みどり、すまなんだ。なにか様子が違うのか？　やはり身体がどこか」

丈一郎は声を落ち着かせて訊ねた。

耳を傾ける気になった丈一郎に、みどりは背筋を伸ばしていった。

「日課にしておられる皆中稲荷神社に詣でていないのです」

「なんと」

徳右衛門は雨が降ろうと槍が降ろうと毎朝、かの神社へ足を運ぶ。それこそ歩けるようになった赤子の頃から、父親、つまり丈一郎の祖父に抱かれて、あるいは手を引かれて日参していたのだ。

「幾日？」

「わたくしが知ったときからですと、七日になります」

それで、義母の広江に相談をしたという。広江もそれは尋常ではないと答えたというのだ。

「なぜ父が詣でていないことに気づいたのだ？」

「貫田善七さまでございます」

貫田は同じ鉄砲組だ。一色との対面を取り持ったのが徳右衛門だったのだが、貫田からは息子を救うために鉄砲まで持ち出して直談判を強行するなどとはまったく聞かされておらず、利用されただけと知り、消沈したものの、貫田の謝罪で再び親交を温めている。

「八日ほど前、我が家においでになったのです」

「聞いてないぞ」

「それは、貫田さまに口止めされておりましたから」

ますます面妖な、と丈一郎は首を傾げる。みどりに口止めするほどのことなのか。

「義父上と貫田さまは」

と、みどりが話し始めた。三のつく日に、皆中稲荷神社で待ち合わせをし、半刻ほど話をしているという。だが、先日、姿を見せなかったので心配して屋敷を訪れたらしい。

丈一郎は徳右衛門が貫田とそのような交流をしていたとは驚きだった。それはみどりも広江も同様だったようだ。

しかし、その日徳右衛門はちゃんと家を出て、城警護のお役に向かっていた。

「つまり、日課の神社詣でもせず、貫田さまとの約定も破ったということか」

丈一郎は考え込んだ。頑固で直情的な徳右衛門は、嘘偽り、誤魔化しを最も嫌う性質だ。その父が貫田との約定を守らないのはあり得ない。

「それで気になって翌日から義父上の後を尾けました。やはり神社を訪れてはおりません。それどころか――お役目のあるとき以外は、塩町の唐物屋に」

丈一郎は眼の玉をひん剝いた。

「長崎屋か？」

「ご存じで？」

みどりも驚き顔で応えた。

四

丈一郎は信介から知らされたこと、そして自ら長崎屋に赴いたことをみどりに話して聞かせた。みどりはさらに驚いて口をぽかんと開けた。

「なにゆえすぐ、告げてくれなかったのだ。七日の間もお前が父の後を尾けていたとは。むろん、父には気づかれていまいな？」

「おそらくは。義父上は外出の際は常に笠を着けておりますし。ただ長崎屋に入るときだけは、あたりを窺うようにしておりましたが」

申し訳もございません、とみどりが頭を下げた。

「義父上を探るような真似をいたした上、お前さまにあやふやなことを伝えまいと、義母上とともに数日黙っておりましたが、やはりどうしても気になって。わたくしからは義父上を質すことはできませんし」

いいや、と丈一郎は首を横に振った。

「気苦労をかけてすまなんだな。父がお役目に励んでいればいいと思うておったのでな。目が覚めたような気がしたよ」

「かたじけのうございます。それでは」

「まあ、あの父だ。直に質したところで口は割らん。気が重くはあるが周りから攻めていくしかなかろうな」

丈一郎は腕を組んだ。

「唐物屋にはおいでになられたのでしょう？　いかがでした？」

「訊ねても本当のところはいわなかったよ。商売人とはそういうものだ」

「そうですか」

みどりが落胆して肩を落とした。義父の行動を探るなど本来あってはならぬこと。しかし、そうせざるを得ないほどみどりは違和感を覚えたのだろう。不思議なものだ。徳右衛門とみどりはなにかといい争っては互いに文句を垂らしているが、その実、そう仲が悪いものではないと丈一郎は思っている。

「では、よろしくお願いいたします」

　みどりが腰を上げかけたとき、丈一郎ははっとして声を掛けた。

「父上の身体については何か気になることはないか？」

　みどりが、軽く笑みを浮かべた。

「少し眼が遠くなったようだとこぼしておられました。それはお歳のせいではないかと思いますが、書物が若干読みづらくなったようだと」

　そうか、それくらいならばよいかと丈一郎は安堵した。どんな頑強な人間であっても寄る年波には勝てない。しかし若い頃から射撃に自信のある徳右衛門だ。少しでも腕が衰えたとなれば落ち込むこともあるのだろう。

　ともかく、次の三のつく日に、皆中稲荷神社に行ってみるか、と丈一郎は思った。

　庭から聞こえていた声が静かになった。

「母上、母上。お腹が空きました」

　市松が表から叫んでいた。

　みどりがため息を吐いた。子どもはすぐにお腹が空くので困ります、と文句をいった。

「つつじもそうだぞ。若いうちは肥料もきっちりと与えなければならんからな」

「人とつつじは違いますよ」

みどりはたしなめるようにいうと、「確か増沢さまからいただいた羊羹が」とぶつぶつ呟きつつ座敷を出ていった。

信介の家から羊羹を？　おれには食わせないのか？　と呼び掛けようとしたが、みどりの姿はすでになかった。

二日後、丈一郎はつつじ畑に行くと見せかけ、徳右衛門が屋敷を出ると、その後を尾けた。徳右衛門はサクサクと足取り軽く歩いていく。今日は非番だが、お役目があろうとなかろうと徳右衛門は皆中稲荷神社へは必ず行くはずだ。丈一郎は五間ほど後ろをゆっくりと進んだ。すれ違う棒手振りや荷車、牛を牽く百姓らの陰に隠れるように歩く。

おれは、なにをしているんだ。家族であるなら直接質してもいいのではないかという思いが脳裏を過る。しかし、我が父が、実は、などと打ち明けるはずもない。長年共に暮らしてきたからこそわかることでもある。

たとえ親子でも話せないこともある。秘密を抱いたままでいることもある。家族であるから訊けないこともある。

だとしても、父の行動は怪しい。広江もここ数日、夫の徳右衛門に問えずに悩んでいる。

丈一郎は、はっとした。徳右衛門が通りを右に折れたのだ。稲荷神社は左。

やはり父は長崎屋へ行こうとしているのか。

だが、丈一郎は徳右衛門を追わず、稲荷神社へと向かった。そうだ。今日は三のつく日。貫田と会う日だ。まずは待ちぼうけをくらっているであろう貫田に詫びてから、急ぎ長崎屋へ向かおうと足を速めた。

それにしても二度も約定を違えるとは。丈一郎にもやはり父は尋常ではないと思えた。まことになにをしているのか。唐物屋で世間話をするだけなら、神社に詣でてからでもよいはずだ。むむ、と丈一郎は唸りつつ、稲荷神社の鳥居を潜った。

境内は、鳥たちのさえずりが聞こえ、木洩れ日が地面に落ちていた。早朝の爽やかな気が丈一郎を包む。

社殿の脇に立つ銀杏（いちょう）の木を、杖をついた貫田が見上げていた。青い若葉が眩しい。

「貫田さま」

はっとした貫田が首を回した。見事なたぬき腹をしていたが、以前より身体が引き締まって見えた。

「これは、丈一郎どの。久しいな」

「こちらこそ、お元気そうでなによりです」

いいながらも、丈一郎は杖に眼を向ける。貫田が気付いて照れ笑いした。

「知っての通り脚はよくなったのだが、肥えた身を支え歩くのが楽での」

と、言い訳がましくいった。

「それでも徳右衛門どののおかげでずいぶん身体が軽うなったが」

家に籠もってばかりいたら、肥えるばかりだからせめて歩け、三のつく日にここで待ち合わせだ、と徳右衛門にいわれたという。

「して、徳右衛門どのは？」と、貫田があたりを見回す。

「いえ、今日は私ひとりです」

丈一郎がそう応えると、貫田がさも残念そうな顔をした。二度も約束を違えたのだ。

その表情を見た丈一郎は、申し訳なさですぐさま踵を返すのをためらった。

「あの、貫田さま、立ち話ではお疲れになりましょう。そこの縁台に腰掛けましょうか」

「ああ、そうだな。徳右衛門どのもいつもそういってくれる」

優しい奴だ、と貫田が微笑んだ。

「丈一郎どのも徳右衛門どのに似ているな。さすがは父子だ」

はあ、と丈一郎は苦笑した。あの頑固親父に似ているといわれるのは心外ではあるが、ぐっと堪える。こうなったら、貫田からなにか話を聞き出せればいいと思い直した。

「今はつつじの世話が忙しいのではないか？」

貫田が心配そうに眉間に皺を寄せる。

「大久保の同心の中で一番つつじの栽培に長けている。つつじ畑にいるあやつを眺めているとなにゆえ鉄砲同心の家に生まれたのかと思う、と徳右衛門どのがいっていたよ」

丈一郎は耳を疑う。

「父がそのようなことを？　ははは、まったくおかしなことをいうものです。鉄砲同心でなければつつじの栽培はしておりませんよ。植木屋の倅なら別ですが。でも私はつつじが好きなのですよ。ご存じのように、つつじは時季になると一斉に花開く。まるで待ち兼ねたように、一気に咲きそろう。その様は壮観です。この大久保の地は毎年、花模様の敷物を広げたようになります。手を掛けた分だけ、その苦労が報われるような気がします」

確かに大久保の初夏はまことに美しいものなぁ、と貫田は遠くを見つつ頷いた。

「あのう、貫田さま、近頃、父に変わったことはありませなんだか？　なにか考え込んでいるとか、妙に陽気であるとか」

さほど変わらぬが、と答えてから、貫田が隣に座る丈一郎を訝しんだ。

「前回の約束を違えたことか？　あれは単に用事があったとかそういうことではないのか？」

貫田が逆に問い掛けてきた。丈一郎は口籠もる。

「ご妻女に聞いたのか。では、やはり今日も徳右衛門どのはここには来られないということだな。丈一郎どのが気を遣ってくれたのか」

差し出がましいことと思いつつ、と丈一郎は観念して応えた。

「ですが、貫田さまとのお約束も忘れている。しかもこの神社に詣でるのは父の日課なのです。それをせずにいることが不思議でなりません。なにか少しでもわかれば、と」

さすがに長崎屋に行っていることは貫田には伏せた。

「そういえば唐物屋の知り合いができたといっておったなぁ。ところが、そこの主人が若いのになかなか商売上手で、うっかり南蛮の壺を買いそうになったとか——それはかかわりないな」

貫田の口から飛びだした。それなら、それほど重要ではないということか。だが、日々訪れているのは変だ。

「貫田さま、他には。その唐物屋のことでも構いませぬが」

丈一郎が貫田に詰め寄ったときだ。

「わしの友に何の詮議だ」

境内に響くほどの声がした。顔を向けると、徳右衛門が立っていた。

「父上、なぜ」

「人の後を尾けるなら、もう少しうまくやれ。お前のぎらぎらした視線が背に突き刺さるようであった。それに比べて、みどりのほうが慎重だった」

むむっと丈一郎は唇を歪めた。みどりの尾行も気づかれていたのか。妻より尾行が下手だというのも情けない。

「貫田、先だってはすまなんだな。急な用事ができての」

「いや、構わん。約束を違えるお主ではないので病かといささか心配になったが。お互い歳だからな。ところで、後を尾けるのなんのと、なんの話だ」

徳右衛門と丈一郎は思わず顔を見合わせた。

「なに、お前との約定を守らなかったのは、物忘れではないかと余計な心配をしたようでな」

うまい言い訳だと丈一郎は感心した。貫田も疑いを持たず「よい家族だな」と、深く頷いた。

「だいたいお前は隠居、わしは未だにお役目に励んでおる。まだまだ物忘れなどほど遠い」

わはは、と偉そうに笑った。

四半刻ほど三人で世間話をして、貫田を見送った。貫田の背が小さくなってから、徳右衛門が丈一郎をじろりと見る。

「丈一郎、つつじの世話をせず今日はわしに付き合え」

は？　と丈一郎は頓狂な声を出した。

「わしがなにをしているか知りたいのであろう？　ならば一緒に来い」

「どこへ行こうというのですか」

「四谷塩町の唐物屋だ。知っておるだろう？　長崎屋だ」

丈一郎は眼を見開いた。

店はすでに開いている。奉公人たちは、ほうきで表通りを掃いたり、店の中を拭き掃除したり忙しい。まだ幼い奉公人に指図をしていた中年の番頭が徳右衛門の姿を見るや、

「礫さま、おいでなさいませ」とすっ飛んできた。

「おや、本日は息子さまもご一緒で？」

うむ、と徳右衛門が頷く。これはこれは、お初にお目にかかります、と揉み手をせんばかりの番頭が丈一郎に頭を下げた。

「さ、どうぞ。主人がお待ちしておりますゆえ、お履き物はそちらで結構でございます」

徳右衛門はさっさと店座敷に上がる。丈一郎も追いかけるように後に続いた。

母屋(おもや)に案内をされて、奥の座敷の障子を番頭が開けたとき、

「あっ」

丈一郎は仰天した。

主人の孝太郎と田安徳川家の家老一色直安が相対していた。

「おお、よう来た。丈一郎、さ、遠慮せず、こちらへ」

「ここは私の店でございますよ」

孝太郎がいうと、そうであったなと一色が笑う。

これは。何の集まりなのだ。丈一郎は困惑しながら、ふたりを交互に見つめた。戸惑いがわかったのか孝太郎が、ふっと笑みを浮かべた。

ともかく孝太郎がこちら側の人間であることだけはわかった。あちら側が誰なのかは知れぬが、徳右衛門に害を及ぼすような者ではないようだ。すべて得心がいかぬまでも、とりあえずは安堵した。と、一色が口を開く。

「今年の『ゆかり』はどうだな?」

「は、はい。昨年よりも鉢を増やし、地植えもあり、よい花が見られると思います」

「そうかそうか。楽しみにしているぞ。徳右衛門から聞いたが、此度も交雑を行ったそうではないか。それもうまくいったのか」

「ええ、すでに蕾(つぼみ)を持っております。どのような花になるかはまだ私にもわかりませんが。おおよその予想では、花色が朱のヤマツツジと淡い紫のモチツツジですので、その中間の淡い朱になるかと。斑(ふ)入りであればさらに美しいかと」

なるほどなるほど、と一色は嬉しそうに頷く。

「一色さま。つつじの話はもうよろしいでしょう。どうせおいでになるのですからな」

徳右衛門がいう。なんとも不躾な口の利きようだ。丈一郎は背に汗が滲むのを感じつつ、一色を窺っていたが、

「そうであったそうであった」

と、あっさり認めて、丈一郎を真っ直ぐ見つめた。

「徳右衛門とも話していたのだが、お前の力を借りたいのだ」

一色の口から飛び出したさらなる言葉に丈一郎は驚愕した。

小関佐左衛門が狙われている——というのだ。

水戸藩へ柔術稽古に赴いた時のことが丈一郎の脳裏に甦る。若い藩士たちへのあの微笑はなんだったのだ。

五

にわかには信じられなかった。信じろというのが無理な話だ。

「なぜ、小関さんが。それは何者に？　恨みを買っているということですか？」

丈一郎は声を荒らげた。

「なにせ、相手がどこに潜んでいるのかわからぬのだ。徳右衛門にも手を尽くしてもらったが、やはり行方が知れぬ。それでな、丈一郎に手を貸してもらおうと思うていた。お前ならば小関と親しい。近々、稽古はあるか？」

おそらく、あまり先ではないでしょう、と丈一郎は応えた。

つつじの花が咲いては稽古には行けない。連日、物見にやって来る客たちに鉢を売らねばならないからだ。鉄砲百人組同心にとって、つつじの時季は銭を稼ぐための大事な時季だということは小関も知っている。

徳右衛門が小関に気を許すなといったことが急に思い出された。

狙われているのならば、おかしな物言いだ。むしろ、救うべき相手だと思うのだが。

考え込む丈一郎に向けて、徳右衛門がふんと鼻を鳴らした。

「おい、丈一郎。わしがお前にいったことをおかしいと感じておるのだろう。あやつはな、殺(あや)められてはいかんのだ。そうでなければ困る」

ますますわからない。

「父上、小関さんが命を狙われているなら、お助けするのがまこと。だとすれば気を許すなといった父上のお言葉がわかりかねまするが」

それもそのうちわかる、と徳右衛門はするりとかわした。

「お前には小関を誘い出してもらいたい」

一色がいった。

「なにゆえ、ですか？　わざわざ小関さんを」

と、丈一郎はいいさしていきなり沈思した。なにゆえ田安家の家老である一色が水戸藩の、たかが一藩士を守ろうとしているのだ。そもそも小関とはどのようなかかわりがあるのか。しかも狙われていながら、誘い出せとは辻褄が合わない。

「一色さま、小関佐左衛門とはどのような間柄でございますか？」

丈一郎が訊ねると、一色が息を吐いた。

「徳右衛門、いうておらぬのか」

「まだ、なにも告げてはおりませなんだ。たまたま本日、後を尾けてきたもので、これ幸いと。いけませんでしたかな」

はははは、と孝太郎が声を上げて笑った。一色が不機嫌な顔で孝太郎を睨めつける。

「これ、そのように楽しそうにするでない。まったく一色家の血が流れておるなら、もう少ししゃんとできぬものかの」

一色家の血筋の者なのか。度肝を抜かれた丈一郎は声も出ない。

「わしの弟の息子だ。こやつの母は、我が家に女中奉公していたのだがな」

「そ、私の母と弟さまがデキてしまったというわけですよ」

孝太郎はさらりといい放った。一色が唇を歪める。

「父母に対し、そのような品のない物言いはするなといっておるだろうが。まあ、弟は部屋住みゆえ、この店の婿養子となった。それは構わぬとしても、だ」

「その父も一昨年、亡くなりました。けれど、私は十分、伯父上の役に立っていますがね。この商売を利用して」

まあ、そうだな、と一色は苦々しい顔をした。

「つまりは、田安徳川家のために動いているということです」

丈一郎へ向け孝太郎が、ふわりと微笑んだ。端整な顔立ちだけに、余計怪しげに見える。

一色がごほん、と咳払いをした。

「実はな、これは昨年から続いていることなのだ。丈一郎もよく知っていることだ」

では、私から、と孝太郎は此度の詳細を語り始めた。

丈一郎は耳を疑った。これが真実ならば、是が非でも小関を救わねばならない。身を震わせながら思った。


長崎屋で一色と対面してから七日余が過ぎた。

夜半に降り出した雨は夜明け前まで残ったが、陽が昇りきる頃にはすっかり上がった。

雨後の陽は通常の光より眩しく思える。淀んだ空気が雨によって洗い流されたせいかもしれない。ちらほらと花を咲かせている気の早いつつじの木もあるが、満開になるのはまだ先であろう。丈一郎は朝餉も取らずにつつじ畑に出た。明日の昼八ツ（午後二時頃）、小関のいる水戸藩上屋敷に赴くことになっている。

果たしてうまくことが運ぶのか、不安に駆られていた。

そのとき、

「おいおいおい、その鉢はこっちだ。水遣(や)りは終えたのか」

信介の怒鳴り声が隣の畑から聞こえてきた。普段はあまり畑仕事をしないが、この時季だけは別だ。家族総出で畑に出て、棚を作り、幕や葦簀(よしず)などを掛け回す準備をする。

小関にかかわることだ。信介だけには報(しら)せたいと思ったが、この一件に巻き込むのがはばかられ、ためらっているうちに日々を費やしてしまった。

しかし、事後に伝えれば、なにゆえ教えてくれなかったと詰られるだろう。やはり、信介には報せておこう。

「信介、信介」

丈一郎は大声で呼びかけながら、駆け出した。

振り向いた信介に「話がある」と、いった。

ふたりで増沢家の畑の隅に行き、地面に座り込んだ。

「なんだ。忙しいのだぞ。非番の日に準備を進めなければならんのだ」

面倒くさそうな顔を丈一郎に向ける。

「先日、矢場に行ったことをご妻女に告げてもよいか」

信介の顔色が変わった。

「用事はなんだ」

「父が唐物屋に出入りしていると教えてくれたろう。それが思わぬことになった」

信介が怪訝な顔をする。

「小関さんのことだ――」

丈一郎が話を始めると、すぐに信介の表情が険しくなった。すべて話し終えても、黙り込んだままで、ややあってから言葉にしたのは、「馬鹿じゃないのか」というひと言だった。

信介の反応は当然だ。丈一郎とて、孝太郎から聞かされたときは信じられなかった。そんな馬鹿なと思ったものだ。

「おれは信じぬぞ」と、信介はさらに声を荒らげた。

「落ち着け。おれだって信じたくないさ。けどな、あの羽田奉行所の一件の決着はあまりにお粗末ではなかったか?」

丈一郎が信介を見据える。と、眉間に皺を寄せた信介がいきなり立ち上がった。

「これから小関さんの処へ行こう。直に話を聞かねば得心が出来ん。小関さんを狙っている相手が――」

信介は拳を震わせ、喉を絞るような声を出し、

「杉浦鉱次郎どのだなどと。その上、小関さんが。ああ、信じられん」

そういうと、ぶるぶる大きく首を振った。

杉浦はどこかで時太郎が捕らえられ、死罪になったことを耳にしたのであろう。死んだ幼馴染の倅を親代わりとなって育ててきた杉浦にとって、身を裂かれるほどだったに違いない。時太郎を利用した者を懸命に捜し出して仇(かたき)を討ちたいと思うのもわからなくはないが――。

すでに捕らえられていた賊である浪人者たちは素直に口書きを取らせたが、火薬を売り捌くというのは方便。実はまことに市中で騒ぎを起こそうと計画していたのだ。

それが知れたのは、長崎屋の孝太郎のおかげだ。孝太郎は商売人だ。ましてや、唐物屋の主人である。長崎に居住する異国の商人たちとも繋がりがある。

孝太郎の店に銃器を扱っているかと訪ねてきた男がいたという。むろん冗談めかして問うてきたというが、孝太郎が西洋の銃を実際に手にしたことを伝えると、

「入手出来ぬものかな、さすれば我が国も異国に負けぬ国力を持つであろう」

そう色めき立ったという。

「それだけではなんの証もない」

信介はひどく憤慨し、一蹴した。

だが、その者は、飛距離はどのくらいあるのか、西洋の大砲なら大名家の門くらい吹っ飛ばせるか訊いてきたと、孝太郎はいった。

「さすがに気になり、話に乗った振りをして砲術を修めているのかと訊ねると――」

柔術だと笑ったという。

「柔術を修める者はたくさんいる。だからこそ直に確かめればいいのだ」

緑の葉が陽に輝く畑の中を信介はずんずん歩く。

「待て。一色さまのことも考えろ。明日、決着をつける手筈になっているのだ」

「いちいち、一色さまの顔を立てていられるか。だいたい、田安徳川家の家老はこの一件にかかわりはなかろうが。つつじ畑で刃を向けられたのを恥じているとでもいうのか」

信介！　違うぞ、と丈一郎は叫んだ。信介が足を止めた。

「上さまのお子はお身体が丈夫ではないとのことだ。むしろ病弱であられるそうだ」

万が一のことがあったとき、と丈一郎はあたりを窺いながら声をひそめた。

信介が踵を巡らせ、丈一郎の前に立ったとき、ぽつんと一輪咲いていたつつじの花弁から朝露が落ちた。

「病弱であろうが、生きていれば、将軍になられるであろう。その際の後見役を田安徳川家が務めるかもしれないそうだ。もっとも一色さまの本音としては、越前福井へご養子に入られた慶永さまを推したいそうだが」

信介は得心できないという顔をした。

「それなら、それでいいではないか」

「よくはないのだ。将軍継嗣に松平昭致（後の一橋慶喜）公の名も挙がっている。水戸の斉昭公の実子だよ」

「それはまことか？　しかし今、水戸の斉昭公は隠居の上、謹慎の身であろうが」

驚く信介に向けて、丈一郎は頷いた。

徳川斉昭は藩政改革に力を注いでおり、蝦夷の開拓、異国を打ち払う攘夷思想、仏教寺院の排斥、神道の保護などを掲げた。本来であれば、御三家である水戸藩の藩主は定府が義務付けられていたが、斉昭はこれも破り、さらに大砲の鋳造、実弾による斉射訓練を行った。さすがに行きすぎた行為だとして、幕命により強制隠居と謹慎の処分が下された。

その処断に不服を感じている下級藩士は多く、処分の取り下げを求めているという話だった。

「そのひとりが、小関さんだというのか」

信介が歯を剝いて、丈一郎の襟を摑んだ。

「そうだ」

「あの賊どもを操っていたのが小関さんだと」

　信介の呟きに、丈一郎は唇を噛み締めた。

「小関さんは祐筆だ。文書を扱うお役目だ。様々な情報を得ているだろう。その上、お前も知っている通り、若い藩士に慕われている。檄(げき)を飛ばせばついてくる者も多いはず」

「斉昭公の謹慎を解かせるために幕府に一泡吹かせるつもりだったのか。さすれば、昭致公の将軍継嗣もあり得ると」

「あの際、捕らえられた者もまことに浪人であったか怪しいものだ。しくじった場合を考えて、口裏を合わせたとも考えられる。火薬を売り捌くというのも偽りだった」

「そうして、賊を名乗りわざわざ死罪になったのか。大馬鹿者の集まりだ」

　丈一郎はさらに続けた。

　斉昭を謹慎にしたものの、幕府はその行動力を高く評価している。老中首座の阿部正弘(あべまさひろ)も目にあまる行動は慎んでほしいとの見解からの処分だったという。

「ただし、斉昭公に厳しい沙汰が下されたことで同情する諸侯もいるらしい。それで昭致公継嗣に弾みがついている。幕府としては斉昭公の持つ影響力を考えれば、今は昭致公を継嗣にしたくはないんだ」

信介は考え込んだ。つまり、とぼそりと洩らした。

「斉昭公が実権を握るやも、と？」

いずれは幕政に復帰させることになるやもしれん、と一色はいった。だが、その前に釘(くぎ)を刺しておきたいという。それが小関だというのだ。

「幕府に弓を引いた藩士がいたとなれば、斉昭公に対しての牽制(けんせい)になる。だから、杉浦どのに小関さんを殺められては困るのだ」

「だが、丈一郎、そんなのは雲の上の話ではないか」

信介は険しい眼で丈一郎を見た。

「ああ、そうだ。雲の上の話だ。誰が上さまになろうが、後見になろうが、おれたちにはなんらかかわりがない。権力争いなど勝手にやればいい」

だが、と丈一郎は苦しげに声を振り絞った。

「雲の下で苦しんでいる者を見捨ててはおけぬ。小関さんが政に物申すのは勝手なことだが、杉浦どののまでが罪を犯すことになるのは」

頷いた信介が身を翻した。

「行くぞ、丈一郎。小関さんはもとより、杉浦どのを止めねば。どこにいるかもわからぬが」

「信介、待て」

背を向けた信介を呼び止めた。

「今日は、何日だ？」

「十日、だが」

そう答えた信介が眼を見開いた。

「そうだよ。小関さんは毎月十日におひとりで牛込の志武館に来ている。それを杉浦どのが突き止めていたとしたら」

水戸藩邸か、牛込か。その道すがらか。迷いつつもふたりは走り出した。

六

「まだ早朝だ。道場には行っていないだろう」

走りながら、丈一郎は信介の顔を見た。あちらこちらが雨後のぬかるみで走りづらい。すでに足は泥で汚れている。

「と、すれば、水戸藩邸まで行くしかない。だが、小関さんに会えたとしてどう告げるか」

「そうだな、今日は出るなとしかいえないが」

丈一郎は眉をひそめた。

待てよ。牛込の志武館に来ることが知れているなら、そちらで待ち伏せしているとも考えられる。牛込は、大久保と小石川の水戸藩邸の間だ。

「信介、まずは、道場へ行こう。その周辺に杉浦どのが潜んでいるやもしれん」

「よし」と、信介が頷きながら答えた。

大久保上新道（かみじんみち）を走り抜け、牛込若松町（わかまつちょう）へと向かった。汗が流れ始める。町が動き出した。棒手振りや荷車、騎馬の武士が通りを往来している。その中をふたりは息せき切って走る。

表通りから、一本奥に入った道場の門前に着いたが、怪しい人影は見当たらない。息を荒くしながら、ふたりは裏口へと回る。だいたい塀が巡らされていて隠れるようなところはない。すでに内の植え込みの間にでも潜み隠れているのではないかと、ふたりは首を伸ばし、飛び跳ねて中を覗く。

すると、裏口がいきなり開いて、道場主の妻女が出て来た。

「あら、なんの悪ふざけかしら」

妻女が笑って声を掛けてきた。気まずい表情で、「少々ゆえあって」と丈一郎が言い訳すると、

「小関さんを訪ねてきた者はおりませんでしたか？」

信介が問い掛けた。

首を傾げた妻女であったが、「そういえば」と、話をしてくれた。

数日前に中年の武家が訪ねて来て、小関は何刻頃、来るのかと訊かれたというのだ。

妻女に礼をいって、ふたりは再び表通りに出た。

「この路地だったら人気(ひとけ)は少ない。襲うなら藩邸前よりもずっといい、どうする丈一郎。ここで姿を現すのを待つか?」

「どうだろうな、だいたい杉浦どのは小関さんの顔を知っているのか」

丈一郎が疑問を口にした。信介が、そうだな、と呟く。

「顔がわからねば、襲うこともできん」

丈一郎はしばし、考え込んでから、はっと眼を見開いた。

「やはり、水戸藩邸だ」

「なぜだ」と、信介が怪訝な顔を向ける。

「藩邸から出て来た者の後を尾ければよい。小関さんが道場を訪れる時刻を訊きに来たということは、その刻限に牛込に向かう者が小関さんだと知れる」

「なるほど」

丈一郎と信介は、小石川へ向かった。

小石川の水戸藩上屋敷沿いの通りにも、雨の名残があった。降り注ぐ陽がそれらを輝かせている。

ふと、菰を身体に巻いた物乞いのような者が塀に背を預け、座っているのが眼に入った。頬被りは薄汚れ、傍を通り過ぎただけでもにおいが鼻を突く。

丈一郎はその者を横目でやり過ごし、信介とともに、上屋敷の大層な門を見上げた。

顔見知りの門番が、「おや、本日はどうなされた？」と声を掛けてきた。

「稽古に来たのではないのだが、小関さまを呼んでくれないか？」

信介がいうと、門番はすぐに返してきた。

「ああ、少し待ってくれ」

四半刻も待っただろうか。潜り戸から、小関が顔を覗かせた。

「礫どの、増沢どの。稽古は明日ではなかったか」

いつものように明るい声を出し、表に出てきた。と、菰を巻いた者がもそりと身を動かした。

丈一郎は何気なくその男を見た。頬被りから覗く眼がぎらぎらしていた。

――杉浦だ。

「杉浦どの！　おやめくだされ」

丈一郎は声を張った。小関が戸惑い、身構えた。

丈一郎の声に焦ったのか、杉浦は身に巻いた菰を振り払い、奇声を上げながら、小刀を手に突進してきた。捨て身の勢いだ。

信介が小関の身を守る。

それでも杉浦は足を止めず、小関と信介に身ごと突きかかろうとした。その刹那、丈一郎が杉浦の手首に手刀を落とす。こぼれ落ちた小刀を信介が拾い上げると、杉浦の腕を背後に回し押さえつけた。

門番はあまりのことに立ちすくんでいる。

「放してくれ、後生だ。仇を、時太郎の仇を討たせてくれ」

喚く杉浦の前に丈一郎は片膝をついた。

「悔しいお気持ちはわかりますが、これでは解決しない。小関さんは水戸藩で裁かれるべきです。耐えてください」

杉浦は喉の奥から、ぐうと苦しげな声を出した。小関が眼を見開いたが、すぐに口元を歪めた。

「礫どの、増沢どの、助かった。礼をいう。まったく、どこの誰とも知らぬ者に仇呼ばわりされる筋合いはない」

小関が杉浦を見下ろし、吐き捨てた。

「でしょうね。羽田奉行所の一件に関わった者だといっても。つつじ畑で田安徳川家の家老へ刃を突きつけた者のことも。死罪になった者たちのことも」

小関が半眼に丈一郎を見た。禍々しい眼だった。温和な小関とは思えない。人とはこれほど変わるものか。いや、こちらが本当の姿か。

「幕府に物申すなど、正義漢ぶった心地よい言葉に躍らされた者たちのことは頭の片隅にもないようですな」

丈一郎がいい放った。

さあ、と小関は首を傾げる。

「間抜けな盗賊どもの話なら知っておるが」

小関は唾棄するような物言いをした。丈一郎はすっと小関に近寄ると、素早く襟を摑み、体を入れ替え、投げ飛ばした。

地面に叩きつけられた小関は、

「なにをする」

頭に血を上らせ、怒鳴り声を上げた。

「人を利用して大事を為すのは忠義とはいわぬ。そんな者に救われたと知ったら、斉昭公はきっとお嘆きになろう」

うるさい、と小関は精一杯の虚勢を張った。

杉浦はなんの咎めも受けず、荏原へと帰された。

先走った丈一郎と信介は一色から叱責された。が、その後、即座に一色は水戸藩上屋敷に赴き、羽田奉行所の火薬盗難未遂の一件の首謀者が小関であると告げた。

小関の身は唐丸籠に乗せられ、国許に送られた。どのような裁きになるのか、丈一郎のもとには伝わってこなかった。

大久保の鉄砲百人組同心らが日頃から丹精込めて育て上げたつつじが、花開いた。

今年は好天に恵まれ、江戸中から連日、見物人が訪れた。ここ数日の間で鉢植えのつつじがよく売れた。

畑に続く屋敷の裏庭で丈一郎は、まだ名も無い新たな交雑種のつつじを愛おしげに眺めた。濃い桃色の花が咲いていた。

「おいおい、丈一郎。なにをぼうっと突っ立っておる」

徳右衛門が足取り軽くやって来たが、丈一郎があっと思う間もなく、手塩にかけた交雑種の鉢を蹴り飛ばした。

「や、すまん」

「父上！　これは一年かけた交雑種ですぞ」

「まだ幾鉢もあるだろうが。まったく小さい男だな」

腰を屈め、鉢を起こした丈一郎の頭上で、徳右衛門は悪びれもせずにいうと、わははと高らかに笑った。

「お歳を召されると足下もおぼつきませんか」

「なにを、この」

徳右衛門が身を起こした丈一郎に組み付いてきた。

「おやまあ、また始まりましたよ」

祖母の登代乃が呑気な声を上げる。みどりと広江と市松は急いで、ふたりの周りの鉢をどかした。

徳右衛門と丈一郎は、がっぷり四つに組んだまま、動かない。

「それそれ、どっちも頑張れ、頑張れ」と登代乃がふたりを焚きつける。

むむ、とふたりは唸りながら、ぐいぐいと相手を押し、引いたが、膠着したままだ。足先が地面に食い込む。

「なんだ、お前の力も大したことがないのう」

「父上こそ、息が荒うございますよ」

むっと唸った徳右衛門の手に力が入る。

「おい、羽田奉行所の焔硝の運搬だが、わしに黙っておったな」

「今更、持ち出されても困ります」

「部屋住みが加役とは笑止千万！　しかも銭も得たそうだの」

徳右衛門が丈一郎の耳元で怒鳴る。

「つつじの肥料に使いました」

丈一郎はぐっと腕に力を込め、袴の脇を摑み上げた。

「あのな、孝太郎どのにいろんな算段をつけてもらった」

次第に息が上がり始めた徳右衛門が耳元で囁いた。

「わしはな、この秋に、長崎へ行くぞ。広江と、夫婦旅だ」

え？と思ったとき、一瞬力が緩んだ。その隙に徳右衛門が足を払ってきた。丈一郎は、抗う術もなく、地面に転がされた。

「あら、徳右衛門が勝ちましたよ、広江さん、みどりさん、市松」

登代乃は嬉しそうに手を叩いてはしゃいだ。

丈一郎は後ろ手をつき、呆然と徳右衛門を見上げた。

と、徳右衛門が手を差し出してきた。丈一郎は眼を丸くしながら、その手を握る。

「お前との相撲はこれで打ち止めだ。これからは市松と取れ」

徳右衛門が丈一郎を引き上げながら、

「礫家を頼むぞ、丈一郎」

そういって、微笑んだ。

この先、なにが起きるのか。びっしりと色とりどりの花で埋め尽くされた大久保の地で遊ぶ人々も、我らも知らない。

ただ、丈一郎は願っている。この地が来年も、ずっと先までも美しく彩られることを。硝石、硫黄、木炭――。火薬の原料が、たまさかつつじの肥料となった。我ら鉄砲百人組にもたらされたこの奇跡が、後の世まで続くことを。

いつか、この手に銃を構える日が訪れるかもしれない。

朝露の一滴にすぎぬ我らだとしても、蹴散らされ、地面に落ちて消えゆく運命だとしても、守るべきものはすぐ傍にある。それを心に留めておけばよいのだ。

徳右衛門が、気持ちよさそうに青い空を仰いだ。

「本日も晴天なり、だ。さあ、丈一郎、広江、みどり、市松、母上、客が来るぞ」

解説

清原康正

江戸城下、四谷大木戸の北西側に位置する大久保百人町に鉄砲百人組の与力同心屋敷として十七万坪の広大な土地が与えられていた。戦時における鉄砲隊だが、泰平の世では大手三之門や将軍御成時の警護が職務で、甲賀組、伊賀組、根来組、二十五騎組の四組がある。鉄砲百人組同心たちの禄高は三十俵二人扶持で、それだけではとても食ってはいけず、伊賀組では鰻の寝床のような屋敷の裏庭で火薬材料（硝石・硫黄・木炭）を転用したつつじ栽培の内職に励み、一帯はつつじの名所となっていた。

六篇の連作からなる本書の主人公は、この地に住む鉄砲百人組の伊賀組同心・礫徳右衛門の倅・丈一郎三十二歳。「常在戦場」が口癖の父は五十六歳になる今もお役目についており、丈一郎は家督を譲られておらず、もっぱらつつじ栽培に類まれな才を発揮して、生計を支えていた。礫一家は、丈一郎とみどりの夫婦に八歳の倅・市松、父親と母親・広江、祖母・登代乃の六人家族。つつじの時節には一家をあげて見物客たちの対応にあたる。鉢植えが売れれば膳の上のお菜が一つ増える。食うためのつつじ栽培と思えば、これも同心としての立派な仕事だと丈一郎は思っている。

丈一郎は同じ伊賀組の同心だった飯島武右衛門につつじ栽培の基本を学んだ。「花を愛でるということは、それだけ人々の心に余裕があるからだ」と言う飯島に接するうちに、いつしか丈一郎も人を傷つける鉄砲を手にするよりも、栽培したつつじを見に訪れる者を喜ばせたいと思うようになっていた。こうした描写で、鉄砲同心の家を継ぐ者としての丈一郎の複雑な心情がとらえられていく。

物語は、秋晴れの下、丈一郎が裏庭のつつじ畑で大ばさみを振るってつつじの剪定を行っている場面から始まる。そこへ隣家の同心・増沢信介が声をかけてくる。丈一郎と同い年で赤ん坊の頃からの遊び仲間である。

物語の時代背景は弘化二(一八四五)年、幕府は異国船に備えての沿岸警備に大わらわであった。しかし丈一郎は異国との戦などということを考えたくはなかった。今やらねばならないことはつつじの剪定なのだと、つつじ栽培に精を出す丈一郎だが、大小様々な事件に巻き込まれていく。

徳右衛門がかつての同僚・貫田善七と田安徳川家の家老・一色直安との対面を取り持ったものの、ある目的のために思わぬ行動に出た貫田を取り押さえたり(第一話「化けむじな」)、百人町につつじ見物に来た一色が三人の賊に捕らわれ、初めて鉄砲を人に向けて放って救い出したり(第四話「縁の花」)、といった、丈一郎の思わぬ活躍が描かれていく。

銃で人を撃ったことに、果たして正しかったのか、そうではなかったのか、と丈一郎は思い悩む。つつじ畑を見回しながら、ここはなんて対極的な場所であろうかと思う。「一方では人の命を奪う鉄砲の修練をし、もう一方では人々を楽しませる花畑を作っている。この矛盾に満ちた場所にいると、どちらかはっきりできないものかと思ってしまう。けれど、皮肉なことに鉄砲隊であるからこそ、この細長く広い土地を与えられている。だからここをつつじ畑にできる」

という矛盾がある。鉄砲同心としての現実との板挟みの悩みがここでもとらえられている。廃止となった羽田奉行所から焔硝を別の焔硝蔵へ移す初めての加役では、大八車に積んだ焔硝を盗まれてしまうが、それは盗人を捕らえるための偽物と分かる（第三話「火薬の加役」）。

丈一郎と信介は幼い時から牛込にある道場・志武館で関口流柔術を学び、丈一郎は若鷹、信介は若鷲と呼ばれていた。時折、道場に稽古に来ていた水戸藩士で起倒流を修めている小関佐左衛門と親しくなるが、穏やかそうな小関が羽田奉行所の火薬盗難未遂事件と関わっていることが判明する。様々な事件のつながりの背後には、水戸藩の徳川斉昭が幕府から謹慎処分を受けたことに不満を持つ下級武士たちの不穏な動きとともに、将軍継嗣問題も絡んでいた（第六話「花弁の露」）。

なにかといえば他愛ない口論からすぐに相撲のような取っ組み合いを始める徳右衛門と丈一郎、市松とその成長を見守る丈一郎の父子関係、祖母・母親・妻と三代にわたる礫家の女たちの確とした存在感など、ほんわかとした江戸家族小説の味わいの中に、時勢の流れがもたらす不穏な動き、つつじ栽培に関する細やかな描写などが相反することなく挿入されたストーリーに妙がある。登場人物たちのそれぞれのキャラクターも面白さの大きな要因となっている。

江戸家族小説の味わいということに関して、著者の梶よう子は初版刊行時の特集インタビュー「変わりゆく時代のなかで　心をつなぐ、家族の思いを」（「青春と読書」二〇二一年四月号）で、「家族を描くということが一つのテーマだったそうですが、まず意識されたのはどんなことでしたか」との問いかけに、次のように答えている。

「わちゃわちゃとした家族の姿、懐かしいテレビドラマでいえば『寺内貫太郎一家』のような、いつもトラブルが絶えないものの、人情味もあって、なんだかんだいいながら家族のなかで解決していく。そんなイメージを抱いていましたね」

そしてインタビューの最後でも、「不安や苛立ちが募る今、家族とともにある方も、一人で孤独を感じている方も、わちゃわちゃな礫一家で少しでも温まっていただけたら、と願っています」と語っている。もう一つ、注目したいのは家族に関する発言である。

「今回書いていて感じたことは、家族でも言えないことがあるということでした」

「家族だからって何でも話せるわけじゃないですよね。でも、お互いを思いやっていれば、結果的には家族だからこそさりげない形で解決できるはずだと、そういうものを目指しながら書いていました」

「秘めた思いを汲み取ってあげること。それが家族をつないでいくうえで一番大事な部分なのかなと思います。だから、本書を書くときも、そこはかなり意識しましたね」

こうした家族への思いは、第五話「秘してこそ」の結びの一節にも表れている。

「子が親のすべてを知ることは叶わない。その逆も同じだ。人には秘することがあってもいいのだろう。特に夫婦は、元は他人。親子の繋がり以上にはなれない。ともすれば切れてしまう危うい繋がりを保つため、互いを思いやり、ときには隠すこともある。ここで見聞きしたことは胸に納めておこう」

「物事を突き詰めることがいいとは限らない。母の言葉が甦った」

こうした記述からも、主人公・礫丈一郎の家族への深い思いを実感することができる。礫一家のほんわかとした家族関係をたっぷりと楽しむことができる。

また、このインタビューでつつじ栽培を描いたことに関して「植物に対する思い入れ」を聞かれて、「単純に、花や植物が好きなんですよね。本当に、見ているだけで常に何かを与えてくれる存在だなと感じます」と答えている。

梶よう子は二〇〇五年に「い草の花」で九州さが大衆文学賞大賞を受賞。二〇〇八年に「一朝の夢」で第十五回松本清張賞を受賞し、同作で単行本デビューした。この作品では、黄色い朝顔を咲かせるのが夢という北町奉行所同心の朝顔栽培の様子が描かれていた。その後も「御薬園同心　水上草介」シリーズ（全三巻・集英社文庫）で、草花の栽培を生きがいとする同心を描き出してきた。

本書も「花や植物が好き」という梶よう子の得意なジャンルといえるだけに、つつじ栽培に平穏な暮らしを希求する礫丈一郎の熱い思いが、読む者の心にしみてくる。

（きよはら・やすまさ　文芸評論家）

本書は、二〇二一年三月、集英社より刊行されました。

初出 「青春と読書」
二〇一八年十二月号〜二〇一九年八月号、十一月号、
二〇二〇年六、七月号

梶よう子の本

柿のへた　御薬園同心　水上草介

薬草栽培や生薬の精製につとめる、御薬園同心の水上草介。のんびりやな性格で〝水草〟と綽名されながらも、御楽園界隈で起きる事件や揉め事を穏やかに収めていく。連作時代小説。

集英社文庫

梶よう子の本

桃のひこばえ　御薬園同心　水上草介

草花の知識を活かし、人々の悩みを解決してきた草介。剣術道場に通うお転婆娘千歳に持ち上がった縁談を聞き、今度は自分が悩みの当事者に!?　優しく温かな人気時代連作第二弾。

集英社文庫

梶よう子の本

花しぐれ　御薬園同心　水上草介

未曽有の流行り病が江戸中に広まった！　目付役の鳥居耀蔵が無情に立ちはだかるなか、草介に絶体絶命の危機が襲いかかる……。大人気の青春時代小説シリーズ、感動の大団円！

集英社文庫

本日も晴天なり　鉄砲同心つつじ暦

2024年4月25日　第1刷　　定価はカバーに表示してあります。

著　者　梶　よう子

発行者　樋口尚也

発行所　株式会社　集英社

東京都千代田区一ツ橋2-5-10　〒101-8050

電話　【編集部】03-3230-6095

【読者係】03-3230-6080

【販売部】03-3230-6393（書店専用）

印　刷　大日本印刷株式会社

製　本　ナショナル製本協同組合

フォーマットデザイン　アリヤマデザインストア　　マークデザイン　居山浩二

ISBN978-4-08-744639-5 C0193